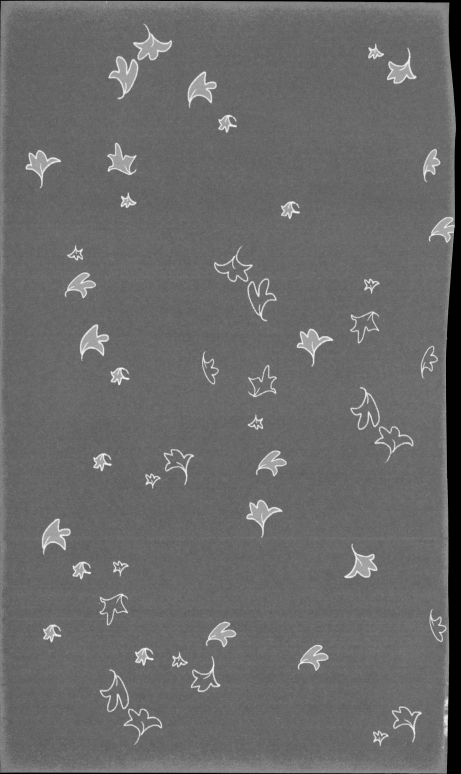

NICK E CHARLIE

Uma novela de
Heartstopper

ALICE OSEMAN

NICK E CHARLIE

Uma novela de
Heartstopper

Tradução:
GUILHERME MIRANDA

SEGUINTE

Copyright © 2020 by Alice Oseman
Traduzido sob licença de HarperCollins Publishers Ltd.
Originalmente publicado em língua inglesa, no Reino Unido, pela HarperCollins
Children's Books, uma divisão da HarperCollins Publishers Ltd.
O direito moral da autora desta obra foi assegurado.

O selo Seguinte pertence à Editora Schwarcz S.A.

*Grafia atualizada segundo o Acordo Ortográfico da Língua Portuguesa de 1990,
que entrou em vigor no Brasil em 2009.*

A citação original utilizada nesta edição foi retirada de *Orgulho e preconceito,* Jane
Austen (Trad. Alexandre Barbosa de Souza. São Paulo: Penguin-Companhia, 2011).

Título original
NICK AND CHARLIE

Preparação
HELENA MAYRINK

Revisão
RENATA LOPES DEL NERO
PAULA QUEIROZ

Composição e tratamento de imagem
M GALLEGO • STUDIO DE ARTES GRÁFICAS

Dados Internacionais de Catalogação na Publicação (CIP)
(Câmara Brasileira do Livro, SP, Brasil)

Oseman, Alice
  Nick e Charlie : Uma novela de Heartstopper /
Alice Oseman ; tradução Guilherme Miranda. —
1ª ed. — São Paulo : Seguinte, 2023.

  Título original: Nick and Charlie.
  ISBN 978-85-5534-237-0

  1. Adolescentes — Relacionamentos 2. Ficção —
Literatura juvenil 3. Romance — Literatura juvenil
I. Miranda, Guilherme II. Título.

22-138579	CDD-028.5

Índices para catálogo sistemático:
1. Literatura infantojuvenil 028.5
2. Literatura juvenil 028.5
Henrique Ribeiro Soares — Bibliotecário — CRB-8/9314

2ª reimpressão

Todos os direitos desta edição reservados à
EDITORA SCHWARCZ S.A.
Rua Bandeira Paulista, 702, cj. 32
04532-002 — São Paulo — SP — Brasil
Telefone: (11) 3707-3500
www.seguinte.com.br
contato@seguinte.com.br

Siga a Seguinte
🅰🄵🄾🄾🄳
seguinte.com.br

Ouça o podcast
anchor.fm/estacaoseguinte

Sumário

Um 11

Dois 49

Três 85

Quatro 103

Cinco 123

Seis 145

— Sim, muito indiferentes — disse Elizabeth, risonha.
— Oh, Jane, tenha cuidado.

— Minha querida Lizzy, você não pode achar que sou tão fraca a ponto de correr qualquer risco agora.

— Acho que há um risco muito grande, sim, de fazer ele ficar apaixonado por você como sempre foi.

Orgulho e preconceito, Jane Austen

Charlie

Como líder estudantil do colégio Truham, já fiz muitas coisas. Fiquei bêbado de vinho na reunião de pais. Fui fotografado com o prefeito três vezes. Fiz sem querer um aluno do sétimo ano chorar.

Mas o pior de tudo é ter que impedir todos os alunos do último ano de curtirem o último dia de aula — algo que o nosso diretor, sr. Shannon, está tentando me convencer a fazer agora.

Vale a pena mencionar que Nick Nelson, com quem namoro há dois anos, é um desses alunos.

— Você não se importa, né? — pergunta o sr. Shannon, se apoiando na mesa da área comum onde teoricamente estou estudando para as provas, mas na verdade assisto shows do Mac DeMarco no celular. — A situação saiu um pouco do controle, e acho que tem mais chance de eles te ouvirem, entende?

— Er...

Olho para Tao, que está sentado perto de mim comendo um pacote de bolinhas de chocolate. Ele ergue as sobrancelhas como se dissesse: "Que saco ser você".

Não estou nem um pouco a fim de topar.

O tema do último dia de aula deles é *High School Musical*. Os alunos penduraram um cartaz gigante escrito "East High" em cima da placa com o nome do colégio no portão de entrada. Colocaram a trilha sonora para tocar em alguns computadores das salas, então todo mundo está ouvindo uma música de *High School Musical* tocando, só não sabe exatamente de onde vem. Eles participaram de um flash mob de "What Time Is It" no campo de futebol americano no intervalo. E todos vieram para a escola com roupas vermelhas de basquete ou uniformes de líderes de torcida. Para a minha decepção, Nick veio de jogador de basquete.

Além de tudo isso, embora não tenha a ver com *High School Musical*, eles construíram um forte de caixas de papelão nas quadras de tênis e estão fazendo um churrasco dentro dele.

— Só quero que parem com o churrasco — diz Shannon, obviamente notando como estou relutante com a ideia de entrar num forte de papelão com cento e cinquenta pessoas mais velhas do que eu e falar para pararem de se divertir. — Sabe, é uma questão de saúde e segurança. Se alguém se queimar, sou eu quem vai lidar com pais furiosos.

Ele ri baixo. O sr. Shannon passou a confiar plenamente em mim ao longo dos vários meses desde que me tornei líder estudantil. É engraçado, porque quase nunca faço nada que ele me manda fazer.

Mantenha os professores e os alunos do seu lado. Não faça inimigos nem amigos demais. É esse meu conselho para sobreviver ao ensino médio.

— Sim, claro, sem problema — digo.

— Você é o salvador da pátria. — Ele aponta um dedo para mim enquanto sai. — Não estude demais!

Tao me encara, ainda enfiando chocolate na boca.

— Você não vai mesmo confrontar os veteranos, vai?

Dou risada.

— Não. Só vou ver o que estão aprontando e avisar para tomarem cuidado com Shannon.

Aled olha para mim do outro lado da mesa. Faz uma hora que está grifando suas anotações de matemática em cores diferentes.

— Pode me trazer um hambúrguer?

Levanto e visto meu blazer.

— Se tiver sobrado algum.

Os alunos do penúltimo ano já saíram para o horário de estudo livre, e só estou aqui porque estudo melhor na escola do que em casa. Tao e Aled fizeram o mesmo. Mas nenhum de nós quer estar aqui. É o dia mais quente do ano, e meio que só quero deitar em algum lugar com uma bolsa de gelo na testa.

Eu e Nick temos planos para o fim de semana. Ele finalmente está livre da escola, e vou tirar uns dias de folga dos estudos. Hoje é quinta, e vou dormir na casa dele. Amanhã à noite vamos à festa do Harry para os alunos dos últimos anos. No sábado, vamos para a praia. No domingo, para Londres. Não que já não passemos todos os fins de semana juntos. Não que já não nos vejamos todos os dias sem falta. Se você tivesse me dito três anos atrás que eu estaria em um relacionamento de dois anos quando tivesse dezessete, eu teria rido na sua cara.

— CHARLIE SPRING!

Quando passo pela entrada do forte de caixas, embaixo de um cartaz que diz "WILDCATS!", Harry Greene se aproxima de mim com os braços estendidos. Ele está usando uma fantasia de líder de torcida de *High School Musical* para crianças de doze anos, exibindo muito mais coxa do que deve ser considerado decente no Truham.

O forte é imenso — eles ocuparam duas quadras de tênis. Além da quantidade absurda de papelão, também roubaram pelo menos dez mesas de diversas salas de aula e colocaram uma churrasqueira entre as duas quadras. Algumas pessoas distribuem pães e hambúrgueres. Uma caixa de som sem fio em um canto está tocando Vampire Weekend.

Quase todos, se não todos, alunos do último ano estão aqui. Eles formam um grupo enorme comparado com o resto da escola — muitas das meninas do Higgs foram para o Truham depois que um incêndio detonou com alguns blocos do colégio. Enfim, longa história.

Harry coloca as mãos no quadril e sorri para mim.

— O que você acha?

Um cara relativamente baixo com um topete enorme, Harry Greene deve ser a pessoa mais conhecida em toda a escola, em parte por causa das muitas festas que dá e em parte pelo fato de que ele nunca, mas nunca, cala a boca.

Ergo as sobrancelhas.

— Do forte ou das suas coxas?

— Das duas coisas, parça.

— As duas são ótimas — digo, inexpressivo. — Bom trabalho. Continue assim.

Harry dá um passo para o lado e se inclina para a frente.

— Eu sabia que a saia era uma boa decisão. Eu deveria fazer isso mais vezes.

— Com certeza.

Harry costumava ser uma pessoa bem maldosa — só mais um dos diversos meninos mais velhos que me enchiam o saco quando eu era mais novo e era o único aluno assumido na escola. Mas, ao longo dos anos, felizmente, ele caiu em si e viu que ser homofóbico não é legal. Não que eu o tenha perdoado. Eu e Nick ainda o achamos um grande babaca.

Ainda curvado, ele pergunta:

— Shannon te mandou? Você veio para acabar com a nossa diversão?

— Tecnicamente, sim.

— Você vai?

— Claro que não.

Harry assente.

— Você vai longe, parça. Você vai longe.
Normalmente é bem fácil identificar Nick em
uma multidão, mas hoje quase todo mundo está
de vermelho. São poucas as pessoas que não se es-
forçaram, uma delas Tori, minha irmã, de uniforme preto do colégio, sentada no asfalto azul em
um canto conversando com uma amiga, Rita. Mas,
fora ela e alguns outros, todos se misturam em
uma grande multidão vermelha.

— Nick está ali.
Volto o olhar para Harry e ele está apontando para o canto extremo esquerdo, sorrindo para mim.
Então ele começa a andar naquela direção, cantaro-
lando "We're All in This Together", e eu o sigo.

— NICK, PARÇA! — Harry grita sobre a multidão
de alunos do último ano, todos tirando fotos uns
com os outros com comida e copos vermelhos de
plástico nas mãos.

E lá está ele.

Nick surge de trás de um pequeno grupo de pessoas, com uma expressão um pouco confusa, como se não tivesse certeza se está imaginando a voz de Harry. Estou saindo com Nick Nelson desde que eu tinha catorze anos. Ele gosta de rúgbi e Fórmula 1, bichos (especialmente cachorros), Marvel, o som de canetas hidrográficas no papel, chuva, desenhar em sapatos, Disneylândia e minimalismo. Ele também gosta de mim.

O cabelo dele é loiro-escuro e seus olhos são castanhos e ele é cinco centímetros mais alto do que eu, se você liga para esse tipo de coisa. Eu acho que ele é bem gato, mas talvez seja só minha opinião. Quando nos vê, ele acena de um jeito animado, e, quando finalmente o alcançamos, Nick olha para mim e diz:

— Tudo bem?

Sua fantasia de *High School Musical* consiste em um short de academia vermelho vivo e uma regata vermelha. Ele prendeu um papel na frente com um gato selvagem mal desenhado. Para ser sincero, esse está longe de ser um dos seus piores looks.

— Você não respondeu minha mensagem — digo.

Ele dá um gole na própria bebida.

— Eu estava ocupado me concentrando no jogo.

Então ele ergue uma câmera e, antes que eu consiga sorrir ou conferir se estou apresentável, tira uma foto de mim.

Coloco a mão na frente um segundo tarde demais.

— Nick!

Ele solta uma gargalhada alta e começa a rebobinar a máquina antes de colocá-la no bolso.

— Mais uma para a coleção de Charlie Pateta.

— Ai meu Deus.

Harry já saiu andando para conversar com outro grupo, então Nick se aproxima e nossas mãos se tocam automaticamente, as dele batendo nas minhas como se estivéssemos brincando.

— Você vai ficar um pouco aqui? Ou vai estudar?

Olho ao redor.

— Não estava exatamente estudando. Estava assistindo uns shows do Mac DeMarco.

— Ah. Claro.

Ficamos ali parados por um tempo, nossas mãos se tocando, e então Nick ajeita um pouco meu cabelo. De repente cai a ficha que este é o último dia em que vamos estar na mesma escola. Os seis anos inteiros no mesmo lugar todo dia de semana acabaram. Os dois anos em que frequentamos a escola como um casal, dois anos almoçando juntos, sentando juntos, nos escondendo em salas de música, salas de servidores, vestiários de educação física, dois anos voltando para casa juntos, andando quando está sol, pegando o ônibus quando está frio, Nick desenhando carinhas na condensação da janela, eu pegando no sono no ombro dele. Tudo isso chegou ao fim.

Normalmente conversamos sobre essas coisas — coisas que nos deixam tristes ou irritados ou bravos —, mas Nick está muito animado com a faculdade, então não quero começar a reclamar ou fazer com que ele se sinta mal. Já fiz isso demais na vida, pelo amor de Deus. É só que... sou eu que vou ficar para trás, o que é uma bosta, na real.

Olhamos para cima quando ouvimos um pequeno clique e uma risada alta. Quando nos viramos, Harry está segurando a câmera de Nick com um ar animado.

— Tão românticos. Não acredito que vou ter que encontrar um casal novo para empatar foda na faculdade.

Nick pega a câmera de volta.

— Você acabou de roubar isso do meu bolso?

Harry dá uma piscadinha e ri da cara dele antes de se afastar de novo. Nick balança a cabeça e rebobina a câmera.

— Nossa, ele é tão *irritante*.

— Onde você arranjou essa câmera?

— Eu comprei. Pensei que seria legal ter algumas fotos físicas para colocar na parede do meu futuro quarto em vez de só fotos toscas no celular.

Pego a câmera das mãos de Nick e tiro uma foto dele.

— Ei! — Ele a pega de volta, sorrindo. — Não quero fotos só de mim. Todo mundo vai achar que sou obcecado por mim mesmo.

Sorrio também.

— Eu fico com essa, então.

Nick coloca um dos braços ao meu redor.

— Tá, precisamos de uma foto juntos em que a gente *pareça normal*.

Ele ergue a câmera, a lente voltada para nós.

— Vamos ser sinceros, a gente nunca parece normal — digo, e Nick ri enquanto confiro se meu cabelo não está fazendo nada esquisito, e então nós dois sorrimos, e ele tira a foto. — Quando eu te visitar na universidade, espero encontrar essa num porta-retrato.

— Só se você me comprar um. Vou ter aluguel para pagar.

— Nossa, arranja um emprego.

— Como assim? Quer dizer que você não vai me comprar coisas agora que tem um emprego? Não acredito. Por que eu estou nesse relacionamento?

— Nem eu sei, Nick. Por que você ainda está aqui? Já faz mais de dois anos.

Nick só ri e me dá um beijo rápido na bochecha, depois começa a andar para trás, em direção à mesa de bebidas.

— Você é visualmente agradável.

Mostro o dedo do meio para ele.

Quando começamos a sair, ficamos um tempo sem contar para as pessoas. Não sabíamos bem como reagiriam a nós, então era mais seguro sermos discretos. Nunca houve nenhum casal de dois meninos na nossa escola, até onde sabíamos, e eu tinha sofrido muito bullying quando me tiraram do armário. Então não andávamos de mãos dadas. Não flertávamos quando tinha gente por perto. Às vezes me sentia esquisito só de conversar com ele na escola, com medo de alguém descobrir e voltarem a fazer bullying comigo ou, pior, começarem a fazer bullying com Nick também.

Hoje em dia, não temos mais que ter medo por aqui. Seguro a mão dele sempre que quero.

Nick

Então, talvez eu tenha chorado quando o último sinal tocou. Só um pouquinho.

Não tanto quanto o Harry. Ele estava se desfazendo em lágrimas e abraçando todo mundo, incluindo alguns alunos assustados do sétimo ano que só queriam pegar o ônibus.

Embora hoje não vá ser o último dia na vida que vou ver meus amigos, ainda é triste. Nunca usaremos os uniformes de novo, nem vamos ficar jogando durante o horário de almoço, é o fim da hora do biscoito do quinto período de quarta-feira na área comum.

Nunca mais andar com Charlie na escola.

Acho que estou um pouco nervoso com algumas coisas. Me assumir bissexual de novo deve ser a principal — quer dizer, volta e meia tenho que me assumir para alguém, mas fazer amigos novos na faculdade significa ter um novo grupo de pessoas que provavelmente vão supor que sou hétero. Sair de casa também vai ser assustador. Fico um pouco preocupado em deixar minha mãe sozinha o tempo todo.

E, além disso, Charlie também vai ficar para trás.

Mesmo assim, sair da escola tem muitas coisas boas — *nossa*, estou pronto para a universidade, para fazer o que quiser sempre que der vontade, para aprender coisas em que tenho interesse *real*. Finalmente sair dessa cidadezinha capenga, morar sozinho, comprar minha própria comida, escolher como passar meu tempo.

É assustador. E vou sentir falta de muitas coisas. Mas estou pronto para ir.

— Harry quer saber se vamos na festa de despedida dele amanhã — diz Charlie no banco do carona do meu carro, mexendo no celular.

Nossos amigos em comum costumam escrever para Charlie quando querem falar com um de nós porque sou péssimo em responder mensagens. Ele é muito mais organizado do que eu.

— Bom, eu ainda topo se você topar — respondo, saindo com o carro do estacionamento da escola.

— É, a gente deveria ir, já que o baile de formatura vai ser uma bosta.

— Justo.

Ficamos sentados em um silêncio confortável enquanto dirijo para minha casa. Charlie pega os óculos de sol no compartimento da porta e os coloca, depois liga o rádio e continua a mexer no celular, provavelmente no Tumblr, com os joelhos dobrados e os pés no banco. Sinceramente, está um dia lindo. Um céu azul gigante, a luz refletindo nas janelas da cidade e nos carros. Abro a janela, aumento o volume do rádio, pego a câmera no bolso e tiro uma foto rápida de Charlie, o rosto dele todo iluminado pelo sol, o vento batendo no cabelo escuro, o corpo aconchegado no banco.

Ele olha para mim na mesma hora, mas está sorrindo.

— *Nick!*

Sorrio e volto a olhar para a estrada.

— Pode me ignorar.

— Pelo menos me avisa.

— Aí não tem graça.

É normal irmos para uma das nossas casas depois da escola. Em geral, passamos mais tempo na minha. Como minha mãe normalmente está no trabalho e meu irmão tem a casa dele agora, ficamos sozinhos. Ao longo dos últimos meses, nossos pais têm nos deixado dormir na casa um do outro de vez em quando, mesmo durante a semana. Minha mãe nunca se importou, mas os pais de Charlie são mais rígidos, e ele acha que, se pedisse com frequência, eles começariam a dizer não.

Entendemos que isso não é, tipo, *normal* normal.

Achamos que nossos pais não veem isso como normal também. Quer dizer, não me entenda mal, eles não veem problema, mas... casais adolescentes normais não dormem na casa um do outro durante a semana, né? Não passam todos os dias juntos, né? Sei lá.

A gente não liga.

★

As coisas que eu e Charlie fazemos juntos em casa incluem:

Jogar videogame. Assistir TV e filmes. Assistir vídeos no YouTube. Tarefas e trabalhos da escola. Estudar. Tirar um cochilo. Dar uns beijos. Sexo. Ficar no mesmo cômodo em notebooks diferentes em silêncio. Jogar jogos de tabuleiro. Fazer comida. Fazer drinques. Ficar bêbados. Planejar viagens para ver shows. Planejar viagens de férias. Construir fortes de travesseiros. Transar num forte de travesseiros (tá, só aconteceu uma vez, mas aconteceu, juro).

Brincar com meus cachorros, Henry e Nellie. Ajudar o irmão do Charlie, Oliver, com vários projetos de Lego. Conversar. Discutir. Gritar. Chorar. Rir. Ficar de dengo. Dormir. Trocar mensagens um com o outro em cômodos diferentes. Charlie pratica bateria, faz playlists, lê. Eu tiro fotos no celular, desenho no Charlie quando ele não está olhando, faço pratos que nenhum de nós nunca experimentou.

Somos bem tranquilos. Talvez meio entediantes. Mas, para ser sincero, não vemos mal nisso.

Hoje não é diferente. Entramos, pegamos bebidas, eu me troco e coloco uma calça de corrida e um moletom. Charlie coloca uma calça jeans e uma camiseta que tinha deixado aqui ontem, e então se joga na minha cama, se espreguiça de barriga para baixo e abre meu notebook.

— Quer alguma coisa para comer? — pergunto quando estou prestes a descer.

Sempre pergunto isso para ele depois da aula. Charlie teve um quadro de anorexia bem forte no ano em que começamos a sair. Ele passou dois meses em um hospital psiquiátrico e melhorou bastante, mas acho que ele ainda meio que tem. Coisas como essa não passam muito rápido. Mas ele não está nem de longe tão mal quanto naquela época, e está muito melhor em outros sentidos também. Agora ele costuma lidar bem com as refeições principais, embora não goste de fazer lanchinhos, tipo, nunca.

— Não, estou de boa — responde ele, como eu já esperava.

Mas sempre faço questão de perguntar. Acho que ele pode dizer sim um dia, se eu continuar perguntando.

Depois de comer duas torradas e beber um copo de limonada, volto a subir. Quando chego no meu quarto, Charlie está com o rosto franzido diante da tela do notebook.

Deito na cama perto dele.

— O que foi?

Ele olha para mim e depois de volta para a tela antes de clicar em algo.

— Nada. Só lendo uma coisa no Tumblr.

Não tenho Tumblr, embora Charlie tenha tentado várias vezes me fazer usar. Não acho que seja muito a minha vibe.

Charlie vira para abrir espaço para mim e tira o celular do bolso. Fico perto dele e puxo o notebook na minha direção. Ele já saiu do Tumblr, então não devia ser nada em que eu teria interesse.

Em outra aba está a página que comecei a ler hoje de manhã sobre a equipe de rúgbi da Universidade de Leeds, em que vou tentar entrar quando começarem as aulas. Se eu for bom o bastante.

É para lá que vou em setembro, para a Universidade de Leeds. É bem longe; tipo, mais de trezentos quilômetros ou algo assim, e eu e Charlie obviamente já falamos sobre o fato de que vamos namorar a distância. Embora não seja ideal e nem de perto tão bom quanto passarmos todos os dias juntos, como fazemos hoje, estamos tranquilos com isso. Charlie tem um trabalho de meio período em um café agora, então ele acha que consegue pegar o trem e me ver de tantas em tantas semanas, e eu posso pegar o trem para cá de tantas em tantas semanas, o que significa que com certeza vamos nos ver pelo menos a cada duas semanas, se não mais. E também vamos trocar mensagens e nos ligar e nos falar muito pelo FaceTime.

Começo a contar para o Charlie todos os fatos sobre o time de rúgbi de Leeds — quantas séries têm na universidade e se acho que vou conseguir entrar (acho que sim, eu sou bem bom em rúgbi, na minha opinião), quanto custa a academia e se vou conseguir arranjar um emprego em algum lugar quando chegar lá, se vale a pena tentar uma bolsa universitária de esporte, se vou ser muito ruim comparado a todos os outros, e como o uniforme deles é bonito (verde e branco).

Charlie continua deitado de costas, escuta e faz algumas perguntas, mas, depois que falei sem parar por um tempo, consigo ver que ele está se entediando, porque a voz dele fica mais baixa e ele começa a mexer na manga do meu moletom e, então, quando estou no meio de uma frase, ele vira de lado e me puxa pela nuca para me dar um beijo, o que meio que me pega de surpresa, porque faz tempo que passamos do estágio de ficar nos beijando sempre que estamos sozinhos.

Depois de alguns segundos, faço que vou recuar, mas ele só me puxa mais perto. Dou risada em seus lábios e sinto que ele também sorri, mas nenhum de nós para e, depois de mais ou menos um minuto, sinto minha mão subir inconscientemente para o cabelo dele. É uma hora do dia um pouco estranha para fazermos isso, mas é difícil se importar, ainda mais quando ele deita em cima de mim.

— Quer conversar sobre alguma outra coisa? — murmuro, sem saber de onde isso surgiu.

Afasto o cabelo dele da testa. Acho que tenho um lance com o cabelo de Charlie.

Ele me encara. Depois senta, vira para trás e liga o rádio. Está tocando The Vaccines. Ele deita de novo, vira a cabeça e diz:

— Não muito.

E volta a me beijar.

Charlie

Basicamente, odeio ouvir Nick falar sobre a faculdade.

Sou uma pessoa horrível.

Ele está extremamente animado em ir para a faculdade. E é para estar. Estou feliz por ele.

Mas nos últimos tempos ele está falando sobre isso *o tempo todo*. E toda vez que ele traz o assunto à tona, me lembra de que estamos chegando perto do fim disso. Que, em setembro, vou ficar para trás.

Basicamente, estou com medo.

As pessoas ficam me mandando mensagens no Tumblr sobre isso também, e elas não estão ajudando muito. Tenho muitos seguidores no Tumblr, e muitos se interessam pela minha relação com Nick. Tipo, se interessam muito. É meio assustador, na verdade.

Então, assim que comentei que iríamos namorar a distância a partir de setembro, fui inundado de mensagens no Tumblr sobre como eu deveria me preparar para todas as coisas horríveis que vêm com relacionamentos a distância. E estão me enchendo o saco. Parei de responder faz uns dois dias, mas as pessoas continuam mandando mensagens. Nem entendo por que tanta gente se importa a ponto de se dar ao trabalho de escrever sobre isso.

Felizmente, Nick não fala mais da universidade pelo resto do dia, nem quando levamos os cachorros para passear, nem durante o jantar, nem enquanto assistimos *Alien — O oitavo passageiro.* Quando ele vai tomar banho, lá para as dez da noite, dou mais uma olhada na caixa de entrada do Tumblr, e tem ainda *mais mensagens.*

Anônimo disse:

Você conversou com Nick sobre como vai ser quando ele for embora? Conheço tantos casais que tentaram continuar quando um foi para a faculdade, e quase todos acabaram terminando. Você deveria pelo menos conversar com ele sobre esse assunto.

Anônimo disse:

mas n é estranho q vcs estão juntos há tanto tempo??? tipo 14 anos é muito cedo pra começar a namorar. vc n precisa achar q tem q ficar no seu primeiro relacionamento pra sempre...

Anônimo disse:

Cara relacionamentos a distância nunca dão certo, confia em mim, é melhor terminar agora e evitar toda a dor

Anônimo disse:

Todo mundo deveria ir para a faculdade solteiro!!

Os anos de universidade são os mais fodas!!

Precisa comer o maior número de pessoas possível!!!!

Não estou muito a fim de falar sobre o assunto com Nick, porque não quero que ele se sinta *mal* por ir para a universidade. Ele tem toda a razão em ficar animado com isso.

Não importa como me sinto a respeito.

Nick volta do banheiro só de short de pijama, secando o cabelo com a tolha.

— O que houve?

— Como assim?

— Você está franzindo a cara de novo.

Fecho o aplicativo do Tumblr rapidamente.

— Estou?

Ele vai até o espelho e pega o secador de cabelo.

— Sim.

— Vai ver é só minha cara.

— Não, sua cara costuma ser bem melhor.

Lanço um travesseiro na direção dele, mas ele dá um passo para o lado para desviar, rindo.

Não posso comentar isso com ele. Ele se sentiria péssimo. Ele já se sentiu mal demais por minha causa. Já fui o namorado mais irritante da história, com todas as minhas questões de saúde mental.

— Vem tirar uma selfie comigo — digo. — Quero irritar meus seguidores do Tumblr.

Nick sorri e larga o secador.

— Por que isso irritaria eles?

— Selfies irritam todo mundo.

— Tão passivo-agressivo.

Ele vem até a cama e senta perto de mim.

Abro a câmera do celular e, antes que ele possa dizer qualquer coisa, dou um beijo na bochecha dele e tiro a foto assim.

Nick ri de novo.

— Ah, é isso que você anda colocando na internet agora, é?

Abraço ele.

— Você sabe que é o que eles querem.

— Pelo menos me deixa arrumar o cabelo.

— Fica bonito quando está molhado.

Nós encostamos a cabeça um no outro, e faço um sinal de paz com uma das mãos, tirando outra foto. Depois tiro uma de nós nos beijando de verdade, mas essa não coloco no Tumblr. Algumas coisas são melhores se forem só para nós.

Nick

Na manhã seguinte, acordo com o som do alarme do celular de Charlie — é um bipe impossível de ignorar de tão irritante, e não música, como o meu. Apesar disso, acordar com Charlie é definitivamente melhor do que qualquer outro jeito. Não sei exatamente por quê. Minha cama é sempre meio fria quando ele não está aqui.

Charlie insiste que precisa ir para a escola hoje porque não consegue estudar direito em casa, então está me fazendo acordar às sete da manhã para levá-lo de carro. Embora eu pudesse ir para a escola e fazer a mesma coisa, a ideia de tentar estudar no primeiro dia do meu período de estudos livres me faz meio que querer botar fogo em todas as minhas anotações de revisão. E, além disso, nós dois somos péssimos em focar nos estudos quando estamos juntos.

Quando abro os olhos, o vejo despertando. Um filete de luz do sol cai sobre seu peito através da abertura nas cortinas, e, mesmo meio dormindo, tenho outro impulso súbito de tirar uma foto dele. Então lembro que já tirei uma foto dele dormindo à noite, quando o encontrei encolhido na cama depois que fui buscar um copo d'água, e essa tinha esgotado o filme da câmera.

Charlie vira para o lado para desligar o alarme e então passa por cima de mim para sair da cama, que fica encostada na parede, mas coloco as mãos na cintura dele e o puxo para ficar sobre mim. Ele solta um barulhinho surpreso e depois uma risada, com a voz ainda sonolenta.

— Tenho que tomar banho...

— Não, fica aqui.

— Não posso, vou pegar no sono de novo.

— Não vai pra escola.

— Nick!

— Fica aqui comigo.

— Não posso, tenho que... preciso estudar.

— Hum, tá.

Afrouxo os braços para que Charlie consiga sair. Assim que ele faz isso, minha cama fica fria e vazia de novo. É a maior bobeira, na verdade. Durmo sozinho na maioria das vezes.

Charlie

Eu meio que estava torcendo para que Nick tivesse sacado como tenho me sentido. Ele costuma ser muito bom nisso — tipo, *estranhamente* bom, na verdade. E minhas tentativas de fazer com que ele pare de falar sobre a faculdade não são exatamente sutis. Mas, no terceiro período, quando mando mensagem para ver se ele já acordou de novo (depois de me deixar na escola, ele disse que voltaria a dormir), começa o ataque eufórico de mensagens.

Nick Nelson

(11:34) *A gente precisa fazer compras pra faculdade logo!!! É estranho que estou animado pra comprar utensílios de cozinha?*

Nick Nelson

(12:02) *Acha que eu deveria mandar e-mail pra saber se vou ter uma cama de casal?? Tipo, como as pessoas sabem quais lençóis comprar?*

(12:05) *Tomara que eu tenha uma cama de casal kkkk sua cama já é ruim demais*

Nick Nelson

(12:46) *Acha que eu deveria levar meu xbox ou é antissocial demais? Preciso que as pessoas gostem de mim*

Nick Nelson

(12:54) *Kaleem está na escola?? Se estiver, pode perguntar se ele sabe sobre as camas?*

Nick Nelson

(13:15) *Estou muito mais interessado em móveis pra casa do que achei que estaria. O site da Ikea é um vórtex perigoso*

Respondo todas as mensagens e realmente tento demonstrar entusiasmo, mas é difícil mascarar o desânimo. Mas Nick parece não notar. Ele continua me escrevendo sobre a universidade e sobre as coisas que quer comprar para o quarto e as aulas que acha que quer fazer e todo tipo de coisa que só me faz sentir pior a cada segundo.

Já conversamos sobre isso. Há um bom tempo, quando Nick estava pesquisando sobre as universidades no verão passado e quando estava se candidatando para elas no outono. Admiti que estava bem preocupado com a ida dele. Disse que tinha medo de ficar sozinho o tempo todo. Foi meio constrangedor, na verdade. Idiota. *Medo de ficar sozinho.* Eu parecia uma criança de três anos.

Nick obviamente me tranquilizou dizendo que conversaríamos o tempo todo e que ficaria tudo bem. Não conversamos muito a respeito desde então, mas só porque não temos muito mais o que dizer sobre o assunto.

Vai ficar tudo bem.

Na área comum, coloco o álbum *Origin of Symmetry*, do Muse, no repeat e me concentro na revisão de línguas clássicas, tentando memorizar um pouco do vocabulário de latim e pedindo para Aled, meu único amigo na escola hoje, me testar de vez em quando. Só preciso parar de pensar nisso tudo. Está tudo bem. Estou me preocupando à toa.

Depois do almoço, quando não consigo lembrar pela terceira vez o significado de "latrocinium", Aled baixa meu bloco de cartões de estudo e olha para mim. Aled Last não tem muitos amigos — ele é extremamente tímido, então não são muitas pessoas que tentam conversar com ele —, mas eu diria que ele e Tao são dois dos meus melhores amigos.

— Argh, desculpa — digo imediatamente. — Nossa. Preciso estudar mais. Meu Deus.

Aled me encara, depois olha para a janela. É mais um dia muito ensolarado. Eu devia ter ficado na cama com Nick hoje de manhã.

— Talvez seja melhor a gente parar de estudar agora — comenta ele com sua voz distante. Ele ri baixo e olha para as próprias anotações: mais cartões coloridos de matemática. — Não que eu ande estudando muito.

— Haha, é, eu também não.

— Mas você está bem? — pergunta ele. — Estou com a impressão de que você está bem para baixo hoje.

Fico um pouco surpreso.

— Ah. É. Não. Estou bem.

— É? — Ele mexe os dedos e me lança um olhar.

— É. Sei lá. Nick está falando muito sobre a faculdade, e meio que... me faz sentir um pouco mal... sei lá. — Resmungo e passo a mão no cabelo. — Parece tão errado quando digo em voz alta.

— Não, você tem todo o direito de sentir coisas. — Ele sorri. — Eu entendo.

— Mas não é muito justo com ele. Tipo, ele tem o direito de estar animado.

— Talvez você devesse conversar com ele. Vocês

já conversaram sobre o relacionamento a distância e tal, né?

— Sim, conversamos sobre isso... só acho que ele não sabe como é... — Não sei direito como terminar minha frase. — Mas vai fazer com que ele se sinta tão mal. — Balanço a cabeça. — Não quero impedir que ele fique animado.

— Bom... — Aled se esforça para achar o que dizer. Ele baixa os olhos para a carteira e mexe nos seus cartões. — Não acho que você tenha com o que se preocupar. Sei lá, vocês são... vocês são o Nick e o Charlie. Vocês não vão terminar... acho que não... Assim, nem Elle e Tao estão terminando, e você sabe como eles são.

Tao e Elle estão saindo há quase tanto tempo quanto eu e Nick. Eles parecem brigar muito, mas normalmente é sobre coisas bem triviais, como opiniões sobre filmes.

— Sei.

Aled não diz mais nada, então levanto e digo que vou ao banheiro. Mas não vou. Desço até o vestiário, só para poder me recostar em uma fileira de armários, pegar o celular e tentar pensar em algo para dizer para Nick, alguma maneira de falar como estou me sentindo. Mas não tenho como dizer nada, não sem fazer com que ele se sinta culpado. E essa é a última coisa que eu quero.

Em vez disso, abro minha caixa de entrada do Tumblr, só para ver se tem algo interessante lá, mas só vejo mais algumas mensagens perguntando se pensei direito sobre relacionamentos a distância, se vale a dor, se Nick realmente não vai encontrar outra pessoa na universidade, já que não vou estar com ele o tempo todo. Não quero deixar que essas coisas me afetem, mas afetam mesmo assim. Quando começo a lacrimejar, decido sair do Tumblr e deleto o aplicativo do meu celular.

Nós estamos bem. Por que estou ficando incomodado com isso agora?

Nick

Quando Charlie entra no meu carro com os ombros curvados às três e quinze da tarde, sei que tem alguma coisa rolando. Digo oi, mas só recebo um resmungo baixo como resposta, e, assim que ele fecha a porta, se recosta na janela e fecha os olhos.

Fico em silêncio um instante, esperando para ver se ele vai dizer alguma coisa. Mas ele não diz.

— Você está bem? — pergunto.

— Aham — responde ele, sem se mexer.

— Dia ruim?

— Aham.

Saio com o carro e não insisto. Se ele quiser, vai me contar. Essa é uma coisa que aprendi sobre

Charlie. Quanto mais você insiste para ele se abrir, menos funciona.

Quando chegamos à casa dele, Charlie parece um pouco melhor, então não comento nada. Mas ainda tem algo de *estranho* nele. Ele senta diante do notebook em total silêncio enquanto coloco o papo em dia com a mãe dele. Ele passa pelo menos meia hora escolhendo o que vestir para a festa do Harry, embora use as mesmas calças jeans e camisas xadrez para todo lugar. Ele leva muito mais tempo que o normal para jantar, o que sempre é sinal de que está estressado com alguma coisa. No carro a caminho da festa, fica chacoalhando as pernas para cima e para baixo.

Vai ver ele está irritado comigo por algum motivo. Não faço ideia por quê.

Estacionamos na rua, e Charlie anda um pouco à frente de mim e de Tori, que veio com a gente.

— Vocês brigaram? — pergunta Tori. — Parece que ele está puto com você.

— Não que eu saiba. Não sei qual é o problema.

— Hum.

Ela não diz mais nada.

Harry Greene mora em um casarão perto da rua principal. Suas festas enormes são basicamente o principal motivo de ele ser o cara mais famoso do Truham. Sabemos que, lá pelas onze da noite, quase todo mundo vai estar no porão dançando uns remixes ruins de dubstep. À meia-noite, pessoas vão estar vomitando em vasos de plantas e na calçada. Às duas, vai ter gente dormindo nos corredores, invadindo quartos diferentes para se pegar e chapando no jardim.

Como imaginado, a música está estourando no porão de Harry, fazendo o chão vibrar, e há pessoas por toda parte, a maioria alunos dos últimos anos do Truham, mas alguns outros mais novos também, e uma galera da escola do outro lado da cidade. Acho que era para estarmos no jardim, mas começou a cair uma chuva. E pensar que estamos no verão.

Assim que entramos e Tori sai para encontrar os amigos dela, Charlie praticamente corre em direção à cozinha para pegar bebida. A mesa da cozinha, como esperado, está coberta de garrafas e copos de plástico, e, quando chegamos a ela, Charlie vira dois shots de vodca seguidos. Acho que este deve ser o momento em que preciso dizer alguma coisa.

Toco o braço dele.

— Ei.

Ele olha para mim e toma um gole da vodca com limonada que acabou de preparar.

— Hum?

— Está tudo bem?

Ele faz que sim com um pouco de entusiasmo demais.

— Sim. Tudo. Por quê?

Balanço a cabeça.

— Você parece meio nervoso.

Ele desvia o olhar de novo e coloca mais um pouco de vodca no drinque.

— Ah. Só... um pouco estressado por causa da revisão... Fiquei de mau humor hoje...

Faz sentido, imagino. Mas Charlie também mente bem demais — ele mente para muita gente. Ele mentiu para as pessoas da escola por meses sobre a anorexia. Ele mente para os pais às vezes quando quer sair para algum lugar comigo mas não sabe se eles vão deixar. Ele mente para o sr. Shannon para evitar desgastes com os outros alunos. Justiça seja feita, ele quase nunca mente para mim, mas às vezes dá para ver que está dizendo alguma coisa só porque não quer me chatear. Acho que essa pode ser uma dessas ocasiões.

Ele dá mais um gole na bebida e olha ao redor da sala.

— Best Coast — diz.

— Quê?

— A música. É Best Coast.

Nem me toquei que estava tocando música. Tento pensar em algo para dizer, mas ele é mais rápido.

— A gente devia ficar bêbado.

Rio baixo.

— Estou dirigindo.

— Ah.

— Fica bêbado você.

— É o plano.

— Não acha que deveríamos socializar primeiro?

Ele serve um copo de limonada e o entrega para mim.

— Ok, beleza.

Ele se aproxima, e fica tão perto que quase acho que vai me dar um beijo bem na frente das pessoas, mas em vez disso ele só ergue os olhos gélidos para mim sob seu cabelo escuro, sorrindo de leve, a covinha aparecendo em uma das bochechas, usando tudo que me fez sentir atraído por ele desde o começo. Fico meio confuso e meio que extremamente abalado.

— Nick — diz ele, tão baixinho que eu mal teria ouvido se não estivesse com os olhos fixos em seus lábios.

Solto uma risada nervosa, sentindo minhas bochechas esquentarem, mas sem saber o que dizer. Não somos exatamente avessos a demonstrações públicas de afeto, mas nunca agimos *assim* quando tem outras pessoas por perto. O que ele está tentando fazer?

— Quero te agarrar bêbado no banheiro depois — murmura ele, e sai andando antes que eu consiga responder.

Charlie

Tenho plena consciência de que estou combatendo meus sentimentos sobre Nick ir para a faculdade das seguintes formas: a) me recusando a falar sobre isso e b) flertando tanto com ele que chega a ser constrangedor, mas, sinceramente, estou a *um passo* de socar a próxima pessoa que falar a palavra "faculdade". Nunca soquei ninguém na vida, mas nunca é tarde demais para começar.

Ah, e c) ficando bêbado.

Bem bêbado.

Não demoro muito para ficar bêbado, o que é extremamente útil em situações como essa, quando os alunos do último ano estão por todo lado e ninguém para de falar sobre o fim das aulas e o baile de formatura e o verão e a faculdade e eu só quero ir para casa.

Fico o mais longe possível de Nick, porque ouvir ele falando sobre isso é a pior parte.

Sou uma pessoa horrível.

São onze horas e já perdi a conta de quantas vodcas com limonada tomei, e tenho que ficar sentado em uma poltrona com Tao no jardim de inverno porque levantar está bastante difícil no momento. Não tem espaço suficiente para nós dois na poltrona e minha perna está meio que dormente porque Tao está quase sentado em cima dela, mas ele também está concentrado demais falando sobre alguma coisa, sei lá, não estou prestando muita atenção...

— Você e Nick já conversaram sobre isso? — diz ele, me tirando do torpor, mas ainda é como se eu estivesse com chumaços de algodão no ouvido e nada que está acontecendo parece real.

— Quê? Eu não estava prestando atenção.

Tao sorri para mim. Ele sempre consegue mostrar mais seu lado excêntrico quando não estamos na escola. Hoje ele está com uma camisa listrada que deve ter sido feita para executivos, além de uma calça social verde com a barra dobrada e sua touca vermelha de sempre. Ele acha mesmo que deveria estar em um filme do Wes Anderson.

Ele me abraça e apoia a cabeça na minha.

— Ah, você é um fracote tão fofo. Estou feliz que ainda temos um ano de escola juntos.

— Se mais alguém falar sobre sair da escola, juro que vou chorar.

Ele me dá um tapinha na bochecha.

— Calma, calma. Vai ficar tudo bem. Vocês são o Nick e o Charlie, não são?

— Não sei o que isso quer dizer — digo.

Nick

Está todo mundo falando sobre a faculdade.

Acho que nunca me senti tão animado para nada, ou tão *pronto*. E todos que estão indo para a faculdade parecem concordar. É o começo da liberdade. Fazer as coisas porque *escolhemos* fazer. Finalmente ser tratados como *adultos*.

Mas entendo que Charlie pode não querer conversar sobre isso o tempo todo. Afinal, ele ainda tem um ano de escola.

Só que dá onze horas, e ele está definitivamente me evitando. Normalmente ficamos colados em festas e, considerando como ele estava agindo antes... bom, estou um pouco confuso, para ser sincero.

Eu o encontro sentado em uma poltrona com Tao, para quem dou oi e converso um pouco, mas noto que Charlie está me encarando. Me agacho perto da poltrona para ficarmos na mesma altura. Seus olhos estão desfocados e ele está piscando muito — está bêbado, com certeza.

— Você está bem?

— Estou *ótimo* — retruca ele, com um sorriso irritado. — Não precisa ver como estou a cada segundo, meu Deus.

Me sinto retrair. Charlie não estoura comigo assim há, tipo, *meses*. O que será que eu fiz?

Levanto de novo.

— Beleza. Não precisa gritar comigo.

Ele desvia os olhos.

— Eu não gritei.

— Aham.

Dou meia-volta e começo a sair do jardim de inverno, mas não rápido o bastante para não ouvir Tao perguntar para Charlie:

— O que está rolando?

Charlie

É meia-noite e estou no porão, aonde quase todo mundo veio dançar, torcendo para que a explosão de dubstep, um remix ruim de uma música do Daft Punk, abafe o zumbido no meu cérebro, mas isso não acontece. Não consigo parar de pensar que sou um bosta, o pior namorado do universo. Me apoio na parede, mas acabo escorregando por ela e sento no chão; todas as pessoas dançando se embaralham diante de mim sob os piscas-piscas de Harry. Por que estou tão esquisito e bravo? Por que sou assim?

— Charlie! — grita uma voz mais alta que a música.

Não é a voz a de Nick, e, quando ergo os olhos, lá está Aled, me encarando com um ar constrangido em seu macacão vinho. Ele se agacha perto de mim.

— Você está bem?

Engulo em seco, muito perto de dizer não. Não, estou tão ridiculamente mal que chega a ser engraçado.

— Sim, sim, estou ótimo.

— Você não parece bem. — Aled franze a testa. — Você... é por causa da Elle e do Tao?

Vai ver estou alucinando agora, vai ver meu cérebro está só ligando palavras aleatórias uma na outra.

— Quê? Do que você está falando?

— Só pensei que... sabe... o que falei ontem sobre a Elle e o Tao... foi... foi idiota, estou me sentindo muito mal...

Balanço a cabeça, querendo rir.

— Que merda você está falando, Aled?

— Você sabe... do término da Elle e do Tao.

Desencosto da parede em um sobressalto.

— Quê?

Aled arregalou os olhos.

— Ai meu Deus. Imaginei que você já soubesse a essa altura. Eles acabaram de decidir que vão terminar no fim do verão, acabei de ficar sabendo...

Fico o encarando.

— *Como assim?*

Aled baixa os olhos.

— Sim... Tao falou, tipo, é, *vamos continuar até Elle ir embora, mas achamos que um relacionamento a distância vai ser difícil demais.*

— Mas o Tao não me contou... eu estava falando com ele agora... eu não...

Aled não diz nada.

Abro a boca para falar alguma coisa, mas nada sai. Por que alguém simplesmente terminaria um relacionamento porque vai ficar longe por um tempo? Elle e Tao obviamente gostam muito um do outro. Eles ficaram nesse rolo por *séculos* antes de começarem a namorar.

Por que alguém faria isso?

Eu e Nick não vamos fazer isso. Nick acha que o relacionamento a distância vai ser tranquilo. Ele não quer terminar comigo.

Quer?

Será que ele quer terminar comigo?

— Ai, meu Deus, Charlie, o que está... — Aled começou a falar porque comecei a chorar. Ótimo.

— Desculpa... — digo, mas definitivamente não dá para ouvir minha voz com a música ensurdecedora e não sei bem para quem estou pedindo desculpa também. — Desculpa... desculpa mesmo...

Nick

Como não vejo Charlie já faz meia hora, acho que agora pode ser um bom momento para ir atrás dele de novo, mesmo que esteja de mau humor comigo. Mas qual é o lance dele? Está realmente começando a me irritar um pouco. Não fiz nada para ele estar agindo assim.

Eu o encontro no porão, sentado em um canto com Aled, então vou até ele, torcendo para o mau humor esquisito ter passado. Só que, conforme desvio das pessoas dançando, e chego mais e mais perto, percebo que as bochechas dele estão molhadas e que ele estava *chorando*, e é aí que começo a ficar preocupado de verdade. Tem alguma coisa muito errada.

Me ajoelho perto dele, e Aled me lança um olhar de pânico como se não soubesse o que fazer. Charlie vira a cabeça para mim e está ainda mais bêbado do que antes, se é que isso é possível. Não é à toa que ele está sentado no chão do porão.

— O que houve? — grito mais alto que a música.

Ele ri, mas parece errado, tem algo muito errado.

— Você vai começar a falar sobre a universidade de novo?

— Quê?

— Está me irritando muito, Nick.

Semicerro os olhos e pergunto:

— Te irritando?

Mas ele só murmura alguma coisa que não consigo ouvir direito. Então me puxa na direção dele com um braço e me beija.

Logo descubro que beijos bêbados não são divertidos quando uma das pessoas está sóbria — consigo sentir as bochechas molhadas dele, além do gosto de álcool. Demoro alguns segundos para realmente me dar conta do que está acontecendo e, nesse meio-tempo, pisco e vejo Aled fazer uma cara de aflição assustada, levantar e sair andando.

Empurro Charlie com jeitinho.

— Não. Você está bêbado.

— *Niiiick.* — Charlie tenta me beijar de novo, mas recuo.

— Charlie, você está agindo de um jeito muito estranho.

— Não estou, não.

— *Sim, está.* — Eu o puxo pelo braço para ficarmos em pé. Ele cambaleia e se apoia no meu braço com as duas mãos. — Vem, vamos subir.

Ele não responde, então o guio por entre as pessoas dançando e subimos as escadas. Lá em cima está praticamente vazio agora — está quase todo mundo dançando no porão. Eu o levo para o jardim de inverno, que, como eu torcia, está vazio e silencioso, a não ser pelo barulho da chuva no teto de vidro.

Eu o coloco na poltrona de novo e me agacho na frente dele.

— O que está acontecendo?

Ele não olha para mim nem parece ter me ouvido.

— *Char* — digo um pouco mais alto, e, dessa vez, ele me encara. — Por que você está agindo assim?

— Quê? — ele estoura, balançando a cabeça. — Estou *agindo como*?

— Um minuto você está muito puto comigo e no outro quer pular em cima de mim!

Ele se curva e coloca a cabeça entre as mãos.

— Estou passando mal.

— Puta que pariu. — Eu me levanto. É impossível. — Por que você está sendo tão *escroto*?

Ele não se move.

— Só fala comigo! — digo.

Ele não diz nada.

— Você não pode ficar bravo comigo se não me disser o que estou fazendo de errado!

Ele solta um grunhido e balança a cabeça entre as mãos.

— Que *inferno*, porra — solto, me afundando no sofá em frente. — Não sei que merda fazer então.

— Para de gritar comigo — murmura ele por trás das mãos.

— Não estou gritando com você!

— Está *sim*.

Ficamos em silêncio por um minuto, até um trovão particularmente alto me dar um susto. Charlie nota e ergue a cabeça.

— Pode terminar comigo, se quiser — diz ele.

Demoro alguns segundos para processar isso.

— Quê? — digo. Levanto de novo e sinto que estou começando a ficar bravo *de verdade* agora. Do que é que ele está *falando*? De onde surgiu essa *palhaçada*? — Que *merda* você está falando?

— Se você quiser... começar do zero ou... sei lá... se achar que namorar a distância é difícil demais...

Seus olhos estão desfocados de novo, suas palavras embaralhadas. Raios irrompem no céu, iluminando o cômodo. Por que ele está dizendo essas coisas?

— Quê? É isso que *você* quer? — Solto uma risada. Isso não pode estar acontecendo. — Você quer que a gente termine. É isso?

— Eu só... quero que você seja... feliz...

— Para com essa merda — exclamo, minha voz com certeza alta demais agora.

— Elle e Tao vão terminar...

— Tá, então a gente precisa terminar também? Você não vai nem tentar continuar a namorar comigo?

Parte de mim quer conversar sobre isso racionalmente, mas a maior parte é pura *raiva*, e não sei nem por quê. Acho que só estou cansado de tudo isso. Cansado de toda essa baboseira e todo esse papo de faculdade e de lembrar que só tenho mais alguns meses com Charlie.

— Por que você está dizendo essas coisas, Charlie? Se estiver tentando terminar comigo, é só falar, porra.

Mas não quero que ele fale. Sinto que vou passar mal.

Charlie só balança a cabeça e olha fixamente para o espaço ao meu lado.

— É por isso que você está agindo desse jeito? —

questiono. — Você quer terminar comigo, mas não tem coragem suficiente para dizer? Então você quer me forçar a terminar?

Ele está chorando de novo, a cabeça balançando de um lado para o outro e os joelhos subindo e descendo. Mas ele não diz nada. Ele não nega.

— Ah, vai se foder, então — digo, e percebo que estou chorando também. Nossa, há quanto tempo isso está acontecendo?

Então ele ergue a cabeça e começa a gritar de verdade comigo.

— Bom, sou eu quem está sendo deixado para trás! — Ele aponta vagamente para fora e sua voz embarga. — Você vai para a porra da universidade, onde vai encontrar um monte de gente nova, e sou eu quem vai ser *deixado para trás*. A gente fica falando que *ah, vai ficar tudo bem, a gente vai se falar muito no FaceTime, blá-blá-blá*, mas não vai ficar tudo bem, vai? — Ele gesticula desenfreadamente, os olhos passeando pelo cômodo. — *Eu* não vou ficar bem, vai ser uma merda para mim.

Vou ficar preso nessa cidade de merda sozinho, mas você não para de falar sobre isso como se fosse a melhor coisa da vida, porra, e quer saber? Isso me faz sentir um *bosta*. Parece que você está ansioso para se livrar de mim, como se mal pudesse esperar para finalmente cair fora daqui e ficar longe de mim...

— Mas que *porra?*! — grito em resposta, passando a mão no cabelo. — O que você quer que eu faça?! *Não* vá para a faculdade?

— *Não!*

— Porque parece que é isso que você está dizendo.

— Não estou...

— Você não tem *porra de direito nenhum* de ficar irritado comigo sobre isso. Sou um ano mais velho que você, vou para a universidade em setembro. É assim que as coisas são.

Ele me encara, os olhos arregalados e cheios de lágrimas, depois abaixa a cabeça.

— Por que você está agindo assim? — pergunta.

— Porra, como que estou agindo, parça?

Charlie olha para mim de novo e, quando ele move a mão, seus olhos estão apertados.

— Não me chama de *parça*. Você nunca me chama de parça.

Só balanço a cabeça e bufo, exasperado.

— Você está sendo muito cuzão hoje, hein?

— *Vai embora, então!* — grita ele. A chuva está mais forte do que nunca, mal consigo escutar a voz dele com o barulho. — Vaza daqui!

— Beleza. Sem problema.

E é isso. Vou embora.

Quando saio do jardim de inverno, Tao está parado no corredor, e deve ter ouvido palavra por palavra. Nossa, isso é tudo culpa dele e da Elle. Se eles não tivessem terminado, Charlie não estaria... ele não iria querer... ele não teria pensado em...

— Ele está... vocês estão bem? — gagueja Tao.

— Viu o que você fez? — digo, passando por ele.

— Vai à merda.

Ele se encolhe. Quero falar mais alguma coisa para ele, mas não consigo pensar em nada — minha mente ficou em branco, ainda estou processando o que acabou de acontecer. O *que* acabou de acontecer? Estava tudo bem ontem. Isso não pode acabar assim. Não tem como isso acabar assim.

As pessoas estão conversando, sorrindo e dando gargalhadas na sala, e passo esbarrando nelas, até sair da casa, na chuva. Quando chego ao meu carro, estou encharcado e tremendo. Ligo o motor, mas fico parado dentro do carro por vinte minutos, talvez porque esteja com medo demais de dirigir enquanto ainda consigo ouvir trovões ao longe, ou talvez porque estou torcendo para Charlie sair correndo da casa, abrir a porta e falar que estava bêbado e que tudo que ele disse foi um erro. Mas ele não faz isso. Então fico ali parado.

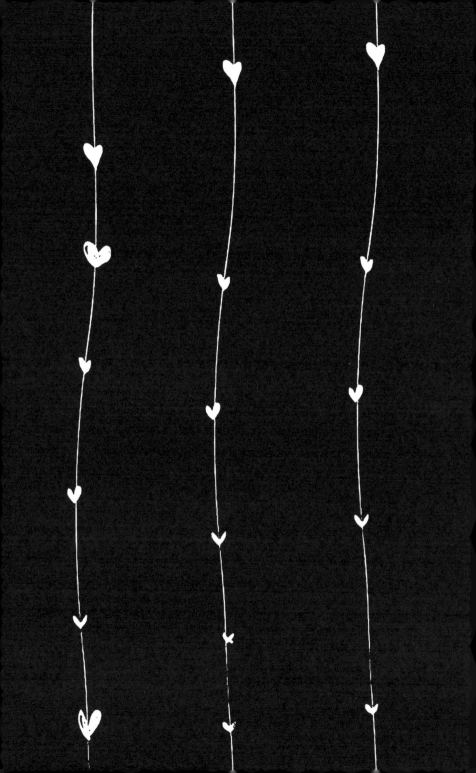

Charlie

Acordo porque o sol está na minha cara — esqueci de fechar as cortinas ontem à noite. Esqueci de fazer muitas coisas ontem à noite. Me comportar como um ser humano decente, por exemplo.

Fico procurando o celular até me dar conta de que ele ainda está no meu bolso de trás, e ainda estou com as roupas de ontem. Já são dez e quinze da manhã. Nenhuma mensagem, nem mesmo no Facebook, nada. Não quero sair da cama para me trocar. Não quero fazer nada.

Não quero fazer nada.

Ontem à noite...

O que eu tinha na cabeça?

O lance da Elle e do Tao me fez surtar. Isso de, depois de todo esse tempo, eles ficarem, tipo, "Legal. Pois é. A gente vai terminar. Puxa vida".

Depois de *dois anos*. Afinal, eles não... eles não *se amavam*?

Não. Pelo visto não.

E acho que comecei a pensar: "E se o Nick estiver entediado?".

Não fazemos muitas coisas animadas. A gente só fica na casa um do outro.

Sou uma pessoa bem entediante.

Então, acho que quis testá-lo, para ver se ele queria terminar, mas não consegui nem *falar* isso. Não consegui nem falar isso direito.

Idiota.

Sou um idiota.

Sou um idiota da porra.

Seria melhor não saber. Seria melhor ter continuado sem saber o que ele pensava, em vez dessa confusão. Agora não faço ideia do que ele está pensando. Ele só está bravo comigo ou realmente quer terminar?

Só a ideia de mandar mensagem para ele para descobrir me deixa fisicamente mal.

Já discutimos antes, mas nada perto disso. Nunca acordamos ainda bravos um com o outro. Faz muito tempo que não acordo me sentindo tão bosta, de ressaca e querendo vomitar e querendo chorar e com esse velho vazio de que pensei que tinha me livrado há muito tempo. Essa sensação que me faz querer ficar na cama e nunca mais levantar.

No ano passado, algumas semanas depois que saí do hospital, Nick falou uma coisa sem querer enquanto estávamos jantando — alguma idiotice sobre eu não estar me esforçando o suficiente —, e retruquei e virou uma briga enorme que acabou com ele indo embora. Mas, mesmo naquele dia, ele voltou um tempo depois. E tudo ficou bem de novo.

Viro de lado para sair do sol e cubro a cabeça com as cobertas, mas os pássaros cantando lá fora estão fazendo barulho demais e ainda está claro demais no quarto, então não consigo dormir.

Queria poder voltar no tempo. Queria poder ficar voltando para quinta-feira, e toda vez que chegasse ao fim da quinta, eu voltaria no tempo para o começo da quinta de novo, e eu só ficaria com Nick todos os dias pelo resto da vida.

Não acredito que estou pensando esse tipo de coisa. Patético. Sou tão patético.

— Bom dia — diz Tori quando me afundo ao lado dela no sofá da sala.

Ela está de pijama e roupão, assistindo *Missão madrinha de casamento* com um grande saco de batatas chips no colo.

— Bom dia. Por que você está assistindo filme às onze da manhã?

— Por que não?

— Por que as batatas chips?

— Presente de primeiro dia de estudos livres.

— Hoje é o seu segundo dia do período de estudos livres.

— Então... presente de segundo dia de estudos livres.

Rio e assisto o filme com ela por alguns minutos. Nunca curti muito esse filme, mas Tori é estranhamente obcecada por ele. Talvez seja porque a personagem principal é supersarcástica, que nem ela.

— Então... está se sentindo bem? — Ela se vira para mim. — Tomou café da manhã?

— Estou passando um pouco mal. E já está quase na hora do almoço mesmo.

— Hum. — Ela não comenta. Normalmente Tori é a primeira a me obrigar a comer quando não estou a fim. — O que aconteceu entre você e Nick ontem? Sorte sua que Becky estava de carro. E por que você estava bêbado e chorando no jardim de inverno?

Resmungo e recosto a cabeça no sofá.

— A gente precisa falar sobre isso?

Ela dá de ombros e volta a olhar para a tela.

— Não. Achei que você pudesse querer.

Ficamos em silêncio por um minuto.

Então decido contar para ela.

Conto toda a história, embora não tenha muito para contar, na verdade. Nick falando o tempo todo sobre a faculdade, eu ficando ansioso com isso, o negócio da Elle e do Tao, o medo, todas as coisas que eu não deveria ter dito, Nick surtando — é tudo culpa minha, como sempre.

— Jesus — solta ela, quando acabo de falar. Ela olha para mim, restos de delineador embaixo dos olhos, e então pausa o filme. — Parece uma briga muito feia.

— Pois é.

— Você não acha mesmo que ele queira terminar, acha?

— Então, não sei. Talvez. Ele não disse *não, eu não quero terminar*, sabe? Ele só... ficou muito bravo... — E então de repente sinto lágrimas nos olhos. Ergo a mão para cobrir o rosto quando falo, com a voz toda aguda e trêmula. — Estou me sentindo um lixo.

— Ai, Charlie. — Tori deixa as batatinhas de lado e me puxa para um abraço, passando a mão nas minhas costas. — Está tudo bem.

Balanço a cabeça no ombro dela, tentando não encher seu roupão de lágrimas.

— Não está tudo bem... não está tudo bem mesmo...

Ela me deixa chorar em seu ombro por alguns minutos antes de voltar a falar.

— Acho que você precisa conversar com ele.

— Não sei o que dizer — sussurro.

— É só falar alguma coisa. Qualquer coisa.

— Ele me odeia.

— Não é verdade.

— Ele está bravo.

— Vai passar.

— Não sei nem o que *dizer*.

— Não importa o que você diga. Só importa que diga alguma coisa.

Nick

Sábado é um dia vazio. Acordo às dez. Levo Henry e Nellie para passear. Como. Tiro um cochilo. Brinco com Henry na sala. Jogo videogame por cinco horas. Como de novo. Cochilo de novo. Fico umas quatro horas no YouTube. Descubro que perdi minha câmera. Passo uma hora procurando por ela. E depois choro até pegar no sono.

Fico na cama no domingo de manhã. Começo a me dar conta de que o motivo de eu me sentir anestesiado é porque estou em choque. Em choque por Charlie ter sugerido terminar. Também me toco que o choque está se transformando em pânico, estou entrando em pânico, pânico de o relacionamento a distância não dar certo no fim das contas, de ser difícil demais. Se Charlie está tão chateado agora, ele vai ficar ainda pior quando eu for embora. Mas não posso ficar aqui só porque ele está chateado com isso. O que devo fazer? Não tem nada que eu possa fazer. Nada. É assim que são as coisas. Charlie quer terminar comigo antes que fique doloroso demais. Talvez a gente acabasse terminando mesmo. Vai ver a gente só está adiando o inevitável.

Quê? Sei lá. Não faço mais ideia do que eu acho.

Penso em mandar mensagem para o Charlie, mas percebo que não sei o que dizer. Não posso falar com ele antes de realmente entender o que estou sentindo.

Começo a chorar de novo.

No domingo à tarde, minha mãe pergunta qual é o problema. Conto para ela que eu e Charlie brigamos.

— Ah, mas vocês vão resolver isso, não vão, filho? — diz ela, depois sai da cozinha antes que eu consiga dizer: não necessariamente.

Talvez não. Talvez esse seja o fim.

Charlie

Quarta-feira chega e ainda não fiz nada, e Nick também não. Achei que, se eu esperasse tempo suficiente, ele me mandaria mensagem primeiro, ou me ligaria, ou *qualquer coisa*. Mas nada.

Sinceramente, não faço ideia do que ele está pensando. Vai ver ele quer *sim* terminar. Por que ele teria reagido daquele jeito se não quisesse? Ele nunca ficou tão bravo comigo assim antes. Nossa, entendo se ele quiser terminar. Eu sou patético.

Tento me distrair estudando, mas não dá muito certo. Na quinta, tenho prova de latim e vou bem. Acabei memorizando todo o vocabulário; não deixo que nada me impeça de dar meu melhor nas provas. Mas não me sinto feliz quando acaba. Só olho o celular pela seiscentésima bilionésima vez. E não tem nada lá, óbvio. Nada.

Sei que eu deveria mandar mensagem para ele, mas, se eu perguntar se ele quer mesmo terminar e ele disser sim, não sei o que vou fazer.

Qual é o sentido de uma vida sem o Nick?

Nossa. Sou mesmo uma vergonha.

Se ele quiser conversar comigo, ele vai. Se não, acho que é isso.

Esse é o fim.

Nick

Nove dias desde a festa. Um domingo. Mandei mal na prova de psicologia na sexta, mas não acho que tenha sido por causa da nossa briga. Todo mundo sabe que esse último ano de psicologia é dos infernos.

Tenho mais alguns dias antes da próxima prova, então passo mais um fim de semana sem fazer nada. Nem levo os cachorros para passear; peço para minha mãe levar. Só fico sentado no quarto com as cortinas fechadas, jogando videogame, assistindo TV, fazendo nada.

Minha mãe entra à uma da tarde para perguntar se quero almoçar, mas para quando me vê enrolado

feito um burrito no edredom, o cabelo ensebado e um reality show sobre imóveis passando na TV.

Ela senta na cama.

— Está tudo bem, Nicky?

— Aham.

— Como está o Charlie? Faz séculos que não o vejo.

Pisco devagar e olho para ela.

— A gente brigou.

— Mas isso faz um tempo, não, meu amor?

— Nove dias.

— E vocês ainda não se entenderam?

— Não.

— Ah, filho. — Ela dá um tapinha no que pensa ser minha perna mas na verdade é uma parte amontoada do edredom. — Tentou conversar com ele?

— Ele terminou comigo.

— Como assim? Tem certeza? Não parece algo que ele faria.

— Sim.

Ela suspira.

— Ah, filho. Sinto muito. — Ela abre os braços para um abraço, e eu meio que me jogo neles, ainda na minha forma de burrito de edredom. — Vai ficar tudo bem. Você vai ficar bem.

Preciso de muito esforço para não começar a chorar de novo.

— Quer pedir pizza à noite? — pergunta ela. — Um mimo especial.

— Sim, por favor — respondo, assentindo.

— Te amo muito, filho. Você vai ficar bem.

— Te amo, mãe.

Mas acho que não vou ficar bem. Nunca. Acho que nunca, jamais, vou ficar bem de novo.

Charlie

Minha penúltima prova — música — é duas semanas depois da briga. Uma sexta. Passei a semana toda sem pensar em nada além das provas. Quer dizer, tirando o fato de que não lembro a última vez que passei dois *dias* longe do Nick, que dirá duas semanas inteiras. Meu Deus.

Será que preciso começar a tentar superar isso? Porque não faço ideia de como as pessoas conseguem. Nick é a melhor pessoa que já conheci na vida, e a mais importante.

Meu Deus.

À noite, vou com meus amigos a um restaurante italiano, para um grande jantar de comemoração do fim das provas, embora minha última prova seja só na próxima quinta. Tento me divertir e rir das piadas das pessoas e falar sobre como as provas foram horríveis, mas é tudo falso. Não quero rir de nada. Quero ir para casa e ficar sentado na cama olhando para o teto.

Tao está à minha esquerda. Ele ri e faz piada com o pessoal, mas consigo notar que está tentando disfarçar a tristeza por causa da Elle. Como eles decidiram terminar? Será que simplesmente concordaram que era melhor assim? Ou tiveram uma grande briga, que nem eu e Nick? Não quero perguntar isso e deixar Tao mais chateado.

À minha direita está Aled. Ele fica em silêncio durante a maior parte da noite, como sempre, mas, quando estamos todos decidindo quanto cada um vai pagar, ele fala "Charlie", e, ao virar para ele, vejo uma preocupação sincera em seus olhos.

— Você chegou a conversar com o Nick? — pergunta ele.

O boato sobre nossa briga se espalhou por tudo quanto é parte, obviamente.

— Não — digo, tentando esconder toda e qualquer emoção.

— Então... é isso? — Sua voz é quase um sussurro. — Vocês, er, terminaram?

— Sim. — Percebo que esta é a primeira vez que falo isso. Eu estava me distraindo até esse momento, mas agora não tenho mais a revisão para me distrair. E é isso. Nós terminamos. — Sim, er... acho que sim.

Aled me encara por um tempo.

— Sinto muito.

— Não é culpa sua.

— Não, mas... — Ele balança a cabeça — ... vocês são o Nick e o Charlie.

Rio.

— O que isso *significa*?

— É... — Ele ri também, uma expulsão nervosa de ar. — Vocês são... É difícil explicar. É como se... se alguém tivesse que apresentar provas da existência de almas gêmeas, todos escolheriam vocês dois.

Bufo.

— Almas gêmeas não existem.

— Talvez não. Mas dá para acreditar olhando para vocês dois.

— Se fôssemos, ele não teria terminado comigo.

— Foi assim mesmo que aconteceu?

Olho para a cara de Aled. Ele nunca foi tão assertivo. Não sei como responder.

— Ele realmente disse *Charlie, quero terminar com você?*

Franzo a testa.

— Bom, não, não exatamente. Mas ele não disse *Não quero terminar.*

— Mas é óbvio que ele não teria dito isso.

— Como assim?

— Se ele achou que você estava tentando terminar com ele, ele não vai começar a rebater. Se ele achou que você não o amava mais, ele não dificultaria as coisas para você. Ele só ficaria com o coração partido.

— Bom, então ele é um idiota!

Aled ri.

— Exatamente. Dois idiotas apaixonados. Meta de relacionamento.

— Ótimo. Valeu.

Alguém nos interrompe para ver se Aled fez as contas do quanto precisa pagar. Quero muito acreditar no que ele está dizendo. Que Nick nunca quis terminar.

Talvez esteja na hora de descobrir.

Assim que chego em casa, sento diante do balcão, onde Tori está com seu notebook e um copo grande de limonada diet. Ela se vira para mim.

— Você parece pelo menos duzentos por cento mais animado do que esteve nas últimas duas semanas — diz ela.

— Preciso conversar com o Nick, tipo, *logo*.

Ela ergue as mãos.

— Jesus Cristo! Finalmente! Revelação do século!

Giro no banco.

— Mas ao mesmo tempo também não quero.

— Sei, sei, sei. Já passou da idade de ficar de birra, tá? Você está no último ano do ensino médio agora.

— Só em setembro.

— Sempre conto a partir do último dia do ano anterior.

— Bom, eu não.

Ela toma um longo gole de limonada e depois aponta com violência para a porta.

— Vai falar com ele, sua criança gigante!

— Ai, meu Deus, *tá*!

Eu levanto e vou em direção à porta, mas Tori fala quando estou prestes a sair.

— Aliás, achei isso no meio das almofadas do sofá. — Ela estende algo que estava a seu lado. A câmera de Nick. — É sua?

Eu a pego.

— Ah, é do Nick.

— Ah. Ele deve querer de volta, então.

— Sim.

Saio do cômodo devagar. A telinha minúscula atrás da câmera marca zero foto restante; eu nem sabia que Nick tinha tirado tantas fotos. Quando isso aconteceu? Ele deve ter deixado a câmera aqui duas semanas atrás quando estávamos nos arrumando para a festa, e não o vi tirar nenhuma. Então deve ter sido no dia anterior.

E é aí que sei exatamente o que fazer.

★

No sábado de manhã, logo depois do meu turno no café, saio andando rápido até a loja em que revelam as fotos.

Não faço a menor ideia do que vou encontrar na câmera, mas imagino que tenha algo que eu possa mandar para Nick. Não sei se vai ajudar em alguma coisa. Mas acho que uma imagem diz mais do que mil palavras. Blá-blá-blá, alguma coisa cafona e romântica. Isso. Boa.

Chego na loja e descubro que preciso esperar uma hora para revelarem as fotos, então dou uma volta pela cidade de guarda-chuva. Compro uma barra de chocolate com Oreo em uma banca porque Nick é obcecado. Depois sento em um banco e pego o celular, equilibrando o guarda-chuva no ombro.

E então vejo uma mensagem de Tao.

Abro na mesma hora.

Tao Xu

(15:34) *Ei, Charlie, sei que as últimas semanas foram meio horríveis pra nós dois por causa das coisas com a Elle e o Nick, mas queria que você fosse o primeiro a saber que eu e Elle estamos voltando. A gente conversou mais um pouco e nós dois estamos CAGANDO DE MEDO do relacionamento a distância... mas decidir terminar foi um erro. Ainda nos amamos muito haha. Então queremos pelo menos tentar pra ver se dá certo!!*

Meu coração quase pula para fora do peito. Tao e Elle cometeram um erro. Eles voltaram.

Charlie Spring

(15:52) *ai deus. tô muito feliz por vocês, vocês são um casalzão*

Tao Xu

(15:54) *Além disso, desculpa se eu e Elle causamos algum drama esquisito entre você e Nick e torço muito pra vocês ficarem bem logo, e não sei se ajuda, mas vi Nick rápido quando ele estava saindo da casa do Harry e ele estava muito chateado com essa história... tipo, tenho quase certeza que ele não quer terminar com você.*

Leio a mensagem várias vezes antes de responder.

Charlie Spring

(15:52) *não é mesmo culpa de vocês... te atualizo. também não quero terminar haha*

E isso meio que me faz sentir um pouco melhor. Só dizer isso em voz alta.

Não quero terminar com Nick.

Depois disso, volto para buscar as fotos na loja.

Só olho para elas quando estou no ônibus para casa.

A primeira foto é a que Nick tirou de mim quando o encontrei no forte de caixas no último dia de aula. Estou com uma cara meio desnorteada. Meus olhos estão arregalados e minha boca entreaberta, e não é uma foto *horrível*. É legal porque parece natural, acho.

A segunda é a que Harry tirou quando não estávamos vendo, e não está tão esquisita quanto pensei que ficaria. Estamos em pé na grama com as mãos se tocando, só meio que olhando um para o outro como se tivéssemos chegado a uma pausa na conversa, a grama e as árvores muito iluminadas por conta do sol. É meio artística. Acho que Harry ficaria muito orgulhoso.

A terceira é a que eu tirei de Nick, e essa *sim* é uma foto péssima. Rio alto. É hilária, na verdade — ele está no meio de uma piscada. Ele provavelmente vai jogar no lixo assim que a vir.

E a quarta é a selfie que tiramos juntos, o braço de Nick nos meus ombros e nossas cabeças juntas, os dois sorrindo, um pequeno reflexo da luz do sol no peito de Nick. Olho para essa por um tempo. Aquela quinta foi um dia muito bom. Queria que essas duas últimas semanas tivessem sido tão boas quanto aquele dia.

Há algumas depois dessa ainda na escola, várias de Nick com seus amigos do último ano, e até algumas do prédio da escola em si, como se Nick só quisesse lembrar como era.

Então tem uma minha no carro de Nick. Sentado com as pernas em cima do banco, de óculos escuros, mexendo no celular. É bonita. Quase nunca vejo fotos minhas assim; são quase sempre selfies ou fotos posadas com amigos.

O ônibus sacoleja de repente e as fotos caem do meu colo para o banco ao meu lado. Boto a mão em cima delas antes que caiam no chão, mas todas se espalharam feito um baralho, e uma chama minha atenção.

Sou eu, dormindo na cama de Nick. As luzes da rua lá fora lançam um brilho laranja suave pelas cortinas finas atrás de mim. Minha mão está curvada perto do rosto e meu cabelo está todo bagunçado e jogado para o lado. Não sei quando ele tirou essa. Acho que peguei no sono antes dele, mas, sinceramente, não lembro.

Talvez seja uma foto estranha de se tirar, mas entendo por que Nick fez isso. Eu tiraria uma foto dele se ele estivesse assim na minha cama. Nossa, parece coisa de tarado, não parece? Mas não estou nem aí.

Enquanto passo pelo resto das fotos, começo a

me dar conta de que são todas mais ou menos assim, em tons de roxo e azul e laranja, cores suaves, um pouco desfocadas, como polaroides em uma exposição de uma escola de artes.

Eu esparramado na cama dele com seu notebook. Eu deitado no chão da sala abraçando a Nellie. Eu tentando carregar o Henry de cavalinho. Eu alguns passos à frente no terreno atrás da casa dele quando levamos os cachorros para passear. Eu no alto de uma montanha, de braços abertos — essa eu lembro de ele tirar. Eu olhando de esguelha quando o flagrei tentando tirar uma foto minha com a paisagem de fundo, o horizonte iluminado pelo sol, os campos e o rio. Uma selfie nossa juntos. Uma selfie nossa comigo segurando Henry para ele também sair na foto. Uma selfie nossa fazendo caretas bobas. De volta à casa dele, um close borrado de mim rindo quando ele enfiou a câmera na minha cara. A luz fica mais escura, mais azul, uma foto de mim deitado no sofá da sala, a tela da TV iluminando as pontas do meu cabelo. Eu de pernas cruzadas na

cama dele só de camiseta e boxer, apontando para a câmera, sorrindo. E então aquela minha dormindo.

São tantas fotos só de mim.

De mim.

Nick simplesmente tirou um monte de fotos minhas.

Nick não é uma pessoa lá muito criativa. Ele nunca se interessou por fotografia nem arte nem nada assim.

Acho que ele só tirou porque queria lembrar como nossa vida é agora. De boa na casa um do outro, saindo para passear, comendo juntos, dormindo juntos.

Parece um tédio, mas é maravilhoso.

É, sim. Sinto meus olhos encherem de água só de olhar para nossa vida juntos.

Amo isso. Amo nossa relação. Amo nossa vida esquisita e entediante.

Pego o celular no bolso e tiro uma foto da nossa selfie fazendo caretas idiotas. E mando para Nick.

Nick

Sai veio para fazer uma intervenção. Ele vai para a Universidade de Cambridge no outono, então não fico tão surpreso que ele seja inteligente o bastante para sacar que estou a mais de cem quilômetros de estar bem, mas ele não disse nada de útil até o momento, e agora estamos jogando Mario Kart e comendo balas de goma.

Depois que jogamos por meia hora e conversamos casualmente sobre a revisão final e o verão e como a festa do Harry foi uma bosta, Sai finalmente diz:

— Então, por que vocês brigaram? — Ele deixa o controle de lado, se vira no sofá e cruza os braços. — Porque parece bobagem, para falar a verdade.

Suspiro e pauso o jogo.

— Charlie terminou comigo.

— Ah, *fala sério*. Por que é que ele faria uma coisa dessas?

— Não faço ideia.

— Tem certeza de que era isso que ele estava tentando fazer?

— Sinceramente, não tenho certeza de nada. Ele estava tão bêbado... Só ficou me falando que eu deveria terminar com ele. E perdi a cabeça.

Sai ajeita os óculos e passa a mão no cabelo.

— Parece que você precisa conversar com ele, cara.

— Não sei o que dizer. — Solto o controle e olho para ele. — Me ajuda.

— Eu lá sou especialista em relacionamentos? Nunca nem namorei.

— Você é inteligente. Você vai fazer literatura inglesa na faculdade.

— Literatura inglesa é completamente inútil na vida real, Nicholas. *Completamente inútil.* Confia em mim. Chaucer e John Donne não vão ajudar você nessa.

Isso me faz rir.

— Nem sei quem são esses.

— *Pois é.*

Recosto a cabeça no sofá.

— Acho que ele... só... achou que era um bom momento para terminar nosso namoro. Tipo, namoros adolescentes nunca duram. É um pouco estranho a gente ter chegado tão longe. E... sei lá, acho que ele pensa que somos meio entediantes. Tipo, quase nunca fazemos nada de interessante. Somos o namoro adolescente mais sem graça do mundo.

— Namoro adolescente sem graça? — replica Sai. — Você já olhou para vocês dois? Vocês passam todos os dias juntos e conseguiram não se matar até agora. Vocês começaram a dormir na casa um do outro direto no *meio da semana!* Vocês conseguem se comunicar só de um *olhar* para a cara do outro! Confia em mim, já joguei jogos de tabuleiro com vocês dois. — Ele balança a cabeça. — Um namoro adolescente sem graça é se atrever a dar as mãos na frente do portão da escola e ir no cinema e na lanchonete no sábado de tarde.

Fico olhando para ele.

— Se quiser terminar — diz Sai, apontando o indicador para mim —, vá em frente. Se estiver entediado e quiser que acabe, beleza. Mas só porque vocês não estão tendo encontros incríveis pra caralho todo fim de semana não quer dizer que vocês são *entediantes*, muito menos que precisem terminar.

Ele bate as mãos nas pernas e se recosta.

— Merda — digo.

Quando pego o celular algumas horas depois, tem uma mensagem.

O nome na tela diz: **Charlie Spring**.

Charlie

Mando outra foto para ele duas horas depois. Aquela de nós dois nos beijando que tirei com o celular.

Duas horas depois, mando uma terceira foto. A selfie que tiramos na escola no último dia.

No dia seguinte, de manhã, uma selfie nossa antiga do meu Tumblr.

Meia hora depois, uma de nossas primeiras selfies, de quando começamos a sair.

E continuo assim até segunda. Uma foto atrás da outra, até ter enviado todas as nossas selfies que tenho salvas no meu celular.

O tique de "lida" aparece em todas até domingo de tarde. Então ele para de ler.

E não fala nada. Não responde.

Assim que Tori chega em casa da sua prova na segunda, conto tudo isso para ela.

— Ele não está respondendo — digo. Chega a ser constrangedor como estou em pânico. — O que isso quer dizer?

Ela para na porta, sem nem tirar os sapatos.

— Você está com essas fotos aí? — pergunta.

— Estão no meu quarto.

— Vai buscar.

— Por quê?

— Vamos colocar na caixa de correio dele.

— Por que isso vai ajudar?

— Porque mensagens são idiotas. — Ela dá de ombros. — E um gesto se faz necessário.

Dou risada.

— Quem é você?

— Uma mulher renascida. Disposta a deixar minha apatia de lado em nome do romance. — Ela pisca e coloca a mão no peito. — Nossa, fiquei com indigestão de falar isso em voz alta.

Uma das amigas de Tori, Becky, nos dá uma carona. Ela fica me olhando pelo retrovisor. Nunca soube ao certo se Becky gosta ou não de mim, mas, agora, não acho que isso importe.

Demora apenas um minuto para chegar lá de carro, mas Tori diz que precisamos ir dirigindo porque uma fuga rápida será vital para o sucesso do "gesto". Sentado no banco de trás, folheio as fotos de novo. Devo colocar todas na caixa de correio? Só algumas? Só uma?

Tomo a decisão e tiro uma caneta do bolso.

Nick

Chego em casa depois da minha prova de segunda à tarde, largo a mochila no corredor e me deixo cair no sofá da sala. Não foi tão ruim. Só faltam mais duas, depois é isso. Verão.

Verão. O que vou fazer com todo esse tempo livre?

Quase não quero que minhas provas acabem agora.

Charlie começou a me mandar mensagens em branco no sábado quando Sai estava aqui. Não sei direito o que querem dizer. Meu celular é bem antigo e caiu da escada faz alguns meses, então imagino que tenha dado pau. Não o ligo desde ontem à tarde. Ver o nome de Charlie aparecer fazia meu estômago se revirar toda vez.

— Nicky? É você, meu amor? — chama minha mãe da cozinha.

— Sim — grito.

— Chegou uma carta para você.

Resmungo e levanto do sofá. Vou cambaleante até a cozinha e chego perto da mesa, onde tem um envelope marrom com a palavra "Nick", sem endereço.

É a letra do Charlie.

E meu estômago se revira com mais força do que o fim de semana todo.

— Ai meu Deus — digo.

— O que foi?

Minha mãe traz duas xícaras de chá para a mesa e senta, olhando para mim com expectativa.

— É do Charlie — explico.

Ela fica boquiaberta. Nós dois olhamos para o envelope por um tempo.

— Então abre!

E faço isso.

Dentro do envelope tem uma fotografia — do tipo que se revela de câmeras descartáveis. E sei na mesma hora que fui eu que tirei. Lembro do momento exato em que decidi tirar, assim que entrei no quarto depois de tomar um copo d'água, encontrando Charlie deitado daquele jeito tão lindo na minha cama, a luz laranja do poste brilhando sobre a pele dele, e senti que, quando morresse, queria que essa fosse a última coisa que eu visse.

Viro a foto e lá está a letra de Charlie:

Ei. Você tira um monte de fotos minhas. Você tem um crush em mim ou o quê? Que vergonha. Se quiser conversar, vou estar na Festa de Verão da Escola Primária Truham amanhã (terça), às 15h... nossa isso não é uma comédia romântica kkkk. Desculpa por ser tão meloso. Aliás, eu te amo. Tá tchau beijos

Charlie

Não me sinto tão nervoso desde que precisei fazer meu maldito discurso de candidatura para líder estudantil na frente da escola toda.

E se Nick nem tiver visto a foto? E se, tipo, tiver caído embaixo do tapete? Ou se a mãe dele tiver jogado fora sem querer? E se ele tiver visto a foto, rasgado e nem notado o bilhete no verso?

E se ele tiver lido e mesmo assim não aparecer?

Chego com Tori e nosso pai à Festa de Verão da Escola Primária Truham por volta das duas da tarde. O evento acontece todo ano no campo do colégio, e passamos quase uma hora dando voltas com nosso irmão mais novo, Oliver, que está no quarto ano. Meu pai dá dinheiro para ele jogar bingo e brincar no castelo inflável e no tiro ao alvo. Tori joga contra ele no pebolim que montaram no meio do campo, e fico lá parado, olhando o celular várias vezes e procurando meu namorado. Ex--namorado? Não. Não ex. Não ainda.

Não vou desistir ainda.

Faltando quinze para as três, vou para perto da entrada do campo esperar, bem na quadra de tênis. Ela me faz lembrar demais da quadra de tênis do Truham, do dia em que tudo isso começou, todos esses sentimentos idiotas e sem sentido.

Charlie Spring

(14:54) *tô na quadra de tênis!! se vc estiver vindo*

Ele não responde a mensagem. Nem aparece se ele a leu. Sinto que estou começando a suar um pouco. É isso? Vou desistir depois dessa? Vou conseguir desistir?

O que vou dizer para ele? Vou só implorar para ele não terminar comigo?

E se ele aparecer e mesmo assim disser que quer terminar?

Respiro fundo.

Então acho que é isso.

Ergo a cabeça e vejo Nick atravessar o portão da quadra de tênis.

Como não o vejo há mais de duas semanas, só de olhar para ele já quero correr e beijá-lo e abraçá-lo e não o soltar por pelo menos vinte minutos. Fecho os punhos e fico imóvel enquanto ele vem na minha direção. Nossa, tudo nele é tão perfeito.

— Oi — digo quando ele para e se recosta na grade da quadra de tênis na minha frente. Tento pensar em algo para dizer, mas nada me vem à mente exceto "Você é lindo" e "Eu te amo".

— Oi — diz ele, com um sorriso nervoso.

Há uma pausa.

— Recebi a foto — continua ele, e então balança a cabeça. — Bom, dãã. Estou aqui.

Solto uma risada.

— Realmente a coisa mais vergonhosa que já fiz na vida.

— E você diz que *eu* passo vergonha.

— Mas aquela foto foi bem vergonhosa.

— Verdade. Nós dois somos patéticos. — Ele abre um sorrisão, e sinto uma pontada de esperança.

— Você não respondeu minhas mensagens — digo.

Nick só me encara e diz:

— Você só estava me mandando mensagens em branco. Pensei que tinha dado algum problema, não sei.

Ele tira o celular do bolso e me mostra as mensagens. Tem aquela que mandei para ele há cinco minutos e, antes, só uma mensagem em branco atrás da outra.

Ah.

Ok.

— Por quê, o que elas diziam? — Nick olha para mim, curioso.

— Ah... eu estava, er... mandando várias fotos para você, tipo, uma a uma... — Passo a mão no cabelo. — Que constrangedor. Nossa. Desculpa.

— Fotos nossas, você diz?

— Haha... sim...

— Acho que esse celular não consegue mais receber fotos.

Fico olhando para ele.

— Não?

— Acho que não. Lembra que deixei cair da escada uns meses atrás? Ele está esquisito desde então.

Balanço a cabeça, chocado.

— Lembro que você tinha derrubado, mas não sabia sobre o lance das fotos.

Ele dá de ombros.

— Eu também não.

— Ah.

— Posso ver as fotos agora?

Ele não está rindo de mim. Ele está falando sério. Ele não acha que isso foi idiota.

— Sim — respondo.

Tiro o celular do bolso e navegamos pelas fotos uma a uma, rindo das idiotas e parando nas fofas. Às vezes chegamos a uma que nos faz lembrar de um passeio e paramos e conversamos a respeito, recordamos os encontros bobos que tivemos e os péssimos e os ótimos, os dias repetitivos que passamos na escola e em casa. No fim, estamos os dois sentados no chão com as costas na grade, o sol brilhando na quadra e nos nossos sapatos.

Ficamos sentados em silêncio por um minuto, e então, com a voz tão baixa que escuto por muito pouco, por conta do burburinho da multidão atrás de nós, ele diz:

— Não quero terminar com você.

E sinceramente eu seria capaz de chorar aqui e agora. Um choro de alívio.

— Eu também não — digo. — Desculpa se fiz parecer que queria. Não queria mesmo.

— Eu também não. — Ele ri baixo. — Não faço ideia de por que estávamos brigando.

— Nem eu.

— Desculpa por ter gritado com você. E não ter te levado para casa.

— Desculpa por ter ficado bêbado e beijado você na frente de todo mundo. E chorado.

— Desculpa por ter te chamado de escroto.

— Desculpa por ter falado para você ir embora.

— Desculpa por ficar falando sobre a faculdade o tempo todo.

— Desculpa por me irritar por você ficar falando sobre a faculdade o tempo todo.

Ele ri, uma risada incrível e juvenil, bem Nick. Ele encosta a cabeça no meu ombro.

— A gente pode parar agora?

Pego sua mão e me recosto nele. Nick ainda tem o cheiro dele. Cheiro de casa.

— Sim.

— Eu não quero terminar com você, nunca — diz ele.

— Eu também não.

— Talvez seja idiotice.

— Não ligo — digo.

— Eu também não — diz ele.

Ele ergue a cabeça de novo e me beija, e não me sinto tão feliz faz semanas, meses, talvez nunca tenha me sentido tão feliz assim, e algo também está diferente, algo que não consigo identificar. Ele coloca a mão na minha bochecha e não acho que as coisas voltaram ao normal — em vez disso, entramos em uma era inteiramente nova, uma em que estamos melhores, mais seguros, mais fortes juntos.

Uau. Eu sou realmente uma vergonha.

— Aliás, comprei chocolate para você — comento, quando nos separamos depois de um tempo.

Tiro a barra de chocolate do bolso, torcendo para que não tenha derretido demais no calor.

— Ai, caramba. — Ele a pega e rasga a embalagem. — É isso. Você selou o compromisso agora. Somos praticamente casados. — Ele coloca um pedaço na boca e depois estende para mim. — Quer um pouco?

Fico olhando para o chocolate e sinto aquela pontada de medo que sempre sinto, mas, por algum motivo, algo me faz dizer:

— Sim, pode ser.

Nick

Decidimos sair da festa. Oliver vai ficar bem com Tori e o pai deles, e não tem muita coisa para nós dois fazermos mesmo. Decidimos que a praia é uma ideia muito melhor.

Dá mais ou menos uma hora de carro até a praia a que sempre vamos, então Charlie conecta meu celular no rádio do carro e coloca Sufjan Stevens para tocar, depois Shura, depois Khalid. Tem praias mais próximas, mas elas estão sempre cheias e sujas, lotadas de adolescentes barulhentos e criancinhas e gente brigando por um lugar onde pôr a toalha.

Nossa praia é muito menor. Tem um píer estreito em que dá para caminhar, com um banco na ponta, e um fliperama gigante do outro lado da rua que fica aberto até as dez da noite. Parece que nunca tem muita gente na praia em si, tirando umas pessoas levando cachorros para passear e alguns idosos, e está assim hoje também. Puro espaço aberto, um mar azul sem ondas e um horizonte bonito, como se o mundo todo tivesse sido feito apenas para nós.

Vamos de uma ponta à outra da praia, batendo papo. Seguimos pelo píer, sentamos no banco e conversamos e nos beijamos e, depois, pegamos a esteira que deixo no carro, encontramos um lugar na praia para sentar e deitamos e ficamos em silêncio por um tempo.

Andamos até o restaurante de peixe e fritas que gostamos, sentamos na mureta de tijolos do lado de fora e comemos e conversamos e, então, decidimos que tirar os sapatos e as meias e dobrar a barra da calça jeans e andar no mar é uma boa ideia, mas logo descobrimos, quando nossas calças se molham, que provavelmente não era uma ideia tão boa.

143

Tiramos um monte de fotos no celular de Charlie depois de conversar sobre como ele não tira muitas. Passamos uma hora no fliperama e jogamos todos os nossos jogos favoritos: hóquei de mesa, o jogo de corrida na selva, o jogo de esqui, o jogo de basquete, as máquinas de moedas. Ganhamos tíquetes suficientes para uma bolinha pula-pula.

Sentamos na ponta do píer de novo e assistimos ao pôr do sol, porque é isso que se tem que fazer em dias como este. As nuvens ficam rosa e roxas, o céu, laranja, e, então, tudo fica azul-escuro.

No caminho de volta, Charlie pega no sono no carro. Ligo o rádio e agradeço ao universo por minha vida ser assim.

SEIS

Charlie

Aled estava certo. Eu e Nick somos literalmente dois idiotas.

Passamos o dia todo conversando sobre nós e como vai ser quando estivermos namorando a distância, e, sinceramente, isso só me faz acreditar ainda mais que vamos ficar bem, que vai dar tudo certo.

Vai dar tudo certo. De verdade, desta vez.

Nick ia me levar de volta para casa, mas falo para irmos para a casa dele. Mando mensagem para Tori dizendo que vou dormir lá. Ela vai explicar para os nossos pais.

Ficamos acordados até tarde só conversando e navegando na internet e assistindo vídeos e conversando de novo, rindo, pegando no sono. Me pergunto como seria uma vida inteira assim. Acho que muito boa. Não vou negar.

E então, em um minuto estamos deitados lá e, no outro, estamos nos beijando, e não que isso seja algo novo, mas *parece* novo. Parece que fomos forçados a ficar um século separados e esse é o nosso reencontro, um misto de alívio e desespero, nós dois nos agarrando um ao outro na cama dele, e, quando Nick desce para beijar meu pescoço, paro de pensar completamente.

Como isso ainda me deixa tão... Como depois de dois anos ainda me sinto assim nos braços dele?

Nos beijamos por um bom tempo, como se fosse dois anos atrás e ainda estivéssemos no sofá da sala de Nick tentando assistir um filme. Impossível. Não consigo pensar em mais nada quando ele está passando as mãos desse jeito tão suave no meu cabelo, nas minhas costas, no meu quadril. Pergunto se não é melhor tirarmos a roupa, e ele diz sim antes que eu termine a frase e, então, tira minha camiseta, e damos risada quando não consigo abrir os botões da camisa dele, ele tira o cinto, abro a gaveta na mesa de cabeceira para pegar uma camisinha, começamos a nos beijar de novo, rolamos para o lado — é óbvio que você sabe onde isso vai dar.

Não sei se é porque estamos especialmente emotivos, ou se estamos só cansados, ou se essas duas últimas semanas foram muita coisa, mas esse momento me lembra muito a primeira vez que transamos.

Nós dois estávamos cagando de medo, e a coisa toda foi péssima, porque não sabíamos o que estávamos fazendo. Mas também foi bom, muito bom, porque éramos uma confusão de emoções e estávamos assustados e animados e tudo parecia *novo*.

Então, isso meio que parece a mesma coisa.

Nick me toca como se estivesse com medo de que, a qualquer minuto, eu pudesse me desintegrar para sempre. Quando finalmente tiramos toda a roupa, ele para e me encara como se estivesse tentando memorizar cada segundo. Durante o ato, ele fica repetindo meu nome de novo e de novo, até eu achar ridículo demais e falar para ele parar, mas ele só sorri e continua repetindo mesmo assim, sussurrando contra a minha pele só para me fazer rir. Eu o abraço com força, como se isso fosse capaz de nos manter aqui, mantê-lo aqui comigo.

Antes eu me achava patético por pensar coisas melosas e românticas como essa. Não me acho mais. Continuo pensando coisas assim. Continuo querendo-o aqui. Continuo querendo que ele fique.

Ficamos deitados por um tempo, a cabeça de Nick no meu peito e nossas pernas entrelaçadas. Ligo o rádio na mesa de cabeceira, notando que são três da manhã — como isso aconteceu? Fecho os olhos porque acho que Nick deve estar dormindo, mas, alguns minutos depois, escuto um clique e abro os olhos, descobrindo que ele tirou uma foto nossa deitados ali, dessa vez no celular dele.

— *Nick!* — Pego o celular dele e olho a foto enquanto ele ri alegremente.

— Nada como uma selfie pós-sexo.

Não respondo porque fico olhando para a foto — é que nem aquelas que ele tirou com a câmera, natural e espontânea, Nick apoiado em mim com um sorriso, minha cabeça encostada na dele, meus olhos fechados e a boca entreaberta.

— Não deleta — diz Nick.

— Não vou deletar. — Olho para ela por mais um segundo e, então, devolvo o celular para ele. — Não coloca no Instagram.

— Posso deixar como plano de fundo?

— Como assim, e tirar o Henry e a Nellie? Você finalmente me ama mais do que seus cachorros?

— Humm, não exagera...

Viro de lado, empurrando-o para longe de mim e nos girando para que eu fique em cima dele.

— Grosso.

Nick dá risada e me abraça.

— Tá, beleza, te amo mais do que meus cachorros.

— Acho bom.

— Você é a pessoa que eu mais amo, na verdade.

Ele fala isso um pouco mais baixo. Tiro a cabeça do seu pescoço para olhar nos olhos dele.

— Isso é esquisito? — pergunta Nick e, então, dá uma risadinha. — Só tenho dezoito anos.

— Não sei — digo. — Talvez.

É esquisito. Nós dois sabemos que é esquisito. Nós dois sabemos que somos esquisitos, não somos como os outros casais da nossa idade. É esquisito ficarmos juntos todos os dias, é esquisito preferirmos simplesmente ficar um com o outro o tempo todo. Todo dia nos perguntamos quando vamos parar de nos sentir assim e nos cansar desse namoro. Mas isso nunca acontece. Seguimos assim.

Porque é bom também. Nossa, é *muito* bom.

— Também sou esquisito — comento, porque dizer "Você também é a pessoa que eu mais amo" não parece bem certo, embora ele sinceramente seja quem eu mais amo no mundo todo.

Nick me aperta.

— Pois é — diz.

Porque ele já sabe.

Nick

No dia seguinte, acordo ao som do alarme de Charlie, e ele solta o resmungo mais fofo que já ouvi, e, embora eu esteja meio dormindo, começo a rir. Ele desliga o alarme, vira para o lado e pergunta:

— Que foi?

E eu digo:

— Não vai pra escola hoje. Você não precisa ir pra escola... É dia de estudo livre...

Estendo os braços e o puxo para mais perto, e ele fecha os olhos e murmura:

— Tá bom.

Nick Nelson

NOME COMPLETO
Nicholas Nelson

IDADE
18

ANO LETIVO
3º ano

ANIVERSÁRIO
4 de setembro

AMA
- rúgbi
- cachorros
- fazer bolos

ODEIA
- filmes de terror
- insetos
- bullying

Charlie Spring

NOME COMPLETO

Charles Francis Spring

IDADE

17

ANO LETIVO

2º ano

ANIVERSÁRIO

27 de abril

AMA

— música
— moletons do Nick
— cochilos

ODEIA

— não ter wi-fi
— sentir frio
— dias difíceis para a saúde mental

Sobre Alice Oseman

Alice Oseman nasceu em 1994 em Kent, Inglaterra, e é escritora e ilustradora. Pode ser encontrada encarando a tela do computador por horas a fio, questionando a falta de sentido da existência, ou fazendo de tudo para não ir parar num emprego em um escritório.

Além de escrever e ilustrar Heartstopper, Alice é autora de romances para o público jovem.

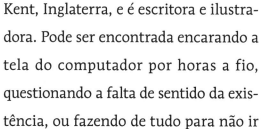
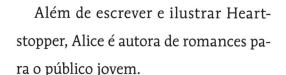

Para conhecer seu trabalho, acesse:
aliceoseman.com
 @aliceoseman

A marca FSC® é a garantia de que a madeira utilizada na fabricação do papel deste livro provém de florestas que foram gerenciadas de maneira ambientalmente correta, socialmente justa e economicamente viável, além de outras fontes de origem controlada.

Esta obra foi composta em ITC Mendoza e impressa em ofsete pela Gráfica Santa Marta sobre papel Alta Alvura da Suzano S.A. para a Editora Schwarcz em fevereiro de 2024

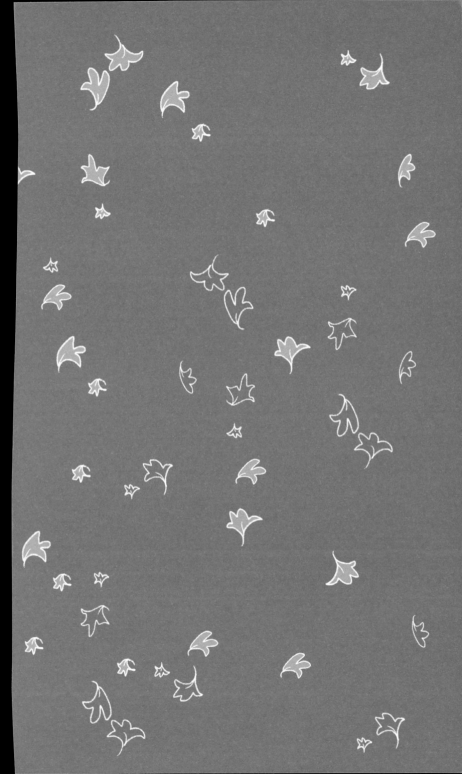